鸿沟（简体字版）

A World Apart (A novel in simplified Chinese characters)

B杜

British Library Cataloguing-in-Publication Data. A CIP catalogue record for this book is available from the British Library.

ISBN 978-1-913080-99-0 (ebook)
ISBN 978-1-913080-98-3 (print)

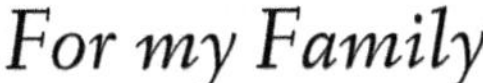

For my Family

第一章/电报

圣帕特里克节刚过没多久，居住在曼彻斯特的柯克曼先生就收到一封来自儿子的电报，大意是即将有个惊喜给他，让他乘坐玛格丽特公主号到加尔各答。

说起柯克曼先生的儿子，他原本只是一名采茶机的维修工，八年前被公司派往印度常驻，后来不知怎的被东印度公司给雇用了，从此柯克曼先生每隔一段时间总会收到比金子还珍贵的茶叶，对于年收入只有两百多英镑的书店老板来说，无疑是一项阔绰的享受。

自从儿子寄来高档的大吉岭茶叶后，柯克曼太太的喝茶频率也从每天清晨一杯增加到无茶不欢（毕竟以前只喝得起相对价廉的绿茶，饶是如此，也不能放开了喝）；至于柯克曼先生……他更喜欢喝咖啡，如果哪天没喝，就像火车缺乏燃料，怎么也提不起劲来。然而打从柯克曼太太去世之后，柯克曼先生也开始喝茶了，一开始是为了缅怀亡妻，同时不辜负儿子的一番孝心和浪费稀世之珍，可是后来渐渐喝出味道来，那金黄色的液体带着淡淡的果香，口感厚实、回味甘甜，任何时候来上一杯都有精神镇定的作用，对于年过半百仍在工作的柯克曼先生而言，效果跟运动过后洗个热水澡一样舒适。

这一天，柯克曼先生的书店刚开门，新书便已送到，他立刻告诉店里的伙计。

"好的，我马上清点。"提姆答。

"对了，这周末我有远行，所以书店闭店至五旬节结束，届时你还会来吧？！"

提姆颇感意外，这才开始工作没多久就休长假，他该如何答复？直至柯克曼先生承诺薪水照发（此乃无奈之举，毕竟那样少的薪水，很难快速请到"非文盲"的伙计），他才点头同意。

其实柯克曼先生也曾考虑把店铺暂时交给提姆，后来还是作罢，因为全权放手给一个刚上工不到一个月且日薪只有两先令的小伙子是极其冒险的事，他宁愿少赚也不愿坏了长久以来累积起来的好名声。

说到柯克曼先生的书店，这是他毕生的事业与骄傲，从青葱岁月干到华发丛生，伙计都换过好几个，但他这位老板一直没变。同样没变的还包括许多老顾客，他们本来只为自己买书，后来也替配偶和孩子们买，再后来又帮孙子买，一家店铺能做到服务三代，挺不容易的。

既然这家书店已经经营这么久，想当然尔，老板闭眼都能找到店内的任何一本书，所以当一位顾客表示找不到《格列佛游记》时，柯克曼先生二话不说便上二楼取，结果同样没找着，只得唤来提姆。

"先生，书在游记区域呀！"他表情惊愕地答。

待顾客结账完毕离去，柯克曼先生告诉提姆《格列佛游记》是一部讽刺小说，不应该放在游记区域。

"既然不是游记，为什么书名写着游记？还有，您说这是讽刺小说，又讽刺了什么？"提姆问。

根据柯克曼先生的理解，《格列佛游记》不仅讽刺了英国议会的党派斗争与统治者的昏庸，同时也揭露殖民战争的残酷暴行，不过"一千个观众眼中有一千个哈姆雷特"，他的理解未必是他人的理解，甚至未必是作者当初写书的用意，那么解释又有何意义？

"提姆，你看过《格列佛游记》吗？"柯克曼先生反问。

"没有。"

"如果感兴趣的话，我允许你把书带走，等阅读完毕，你再告诉我它属不属于游记。"

"不用了，我没时间阅读，因为忙完这里的活儿，我还得背冰块去。"

"背冰块？"

"是的，鱼需要冰块保鲜，我的工作便是在夜里送冰块，好让隔日清晨三、四点钟便开始交易的海鲜批发市场能顺利进行，毕竟鱼贩们都精明得很。"

柯克曼先生还以为眼前这个只接受几年基础教育的小伙子光替他工作（虽然他也曾好奇那样少的薪水要如何在大城市里生存？）。

既然时间上不允许，他便简单介绍一下书中内容。

"先生，听您这么一描述，的确不像普通游记，但我也不认为讽刺了什么，反倒有童书的味道。"

"嗯……"

"没关系，您说书放哪个区域，我便放哪个区域，没什么大不了的。"

提姆走后，柯克曼先生觉得自己需要喝一杯，还好离书店不到5O米处便有个小酒馆，那里有他爱喝的伯顿-特伦特印度淡色啤酒，喝完刚好上街采买旅行用品，这包括一个大小合适且坚固的旅行箱。

脑海一有购物念头，柯克曼先生忽然感觉刻不容缓，交待提姆几件事后便匆匆出门。

第二章/柯克曼的书店

柯克曼先生走出店外没几步，忽然回头凝视自己的书店，这栋外表三层，实际四层（还有个地下室）的小楼像个童话小屋屹立在人字形街道的交会处，外衣是棕红色褚石砖，底楼两侧有接近落地的玻璃橱窗（所以能清楚地看见店内摆物），一楼及二楼（注1）的窗户相对要小，只有摊开的报纸大，但起码保证了一定的采光性。当柯克曼太太还在时，书店门口的台阶上总摆放着几盆怒放的花卉，但打从她离世之后，这幅景象不见了，没办法，柯克曼先生对花草不感兴趣，也没那个闲工夫，同样的时间，他宁愿花在阅读上（有时他不免怀疑自己开书店的动机是为了更好地赚钱还是为了更好地阅读？不过也只是想想而已，因为答案不重要，也改变不了什么）。

既然提到书店所在的这栋楼，那就顺便讲讲它的历史。话说半个多世纪前，它并不是作为商业用途，而是一处民宅，住着一大家子，整天吵吵闹闹，后来虽然喧哗声依旧，但居住的人变了，有不良于行的老人、见面就吵的情侣、打扮妖艳的妓女、看起来很不好惹的壮汉……等，直至某天进来数名工人，一番敲敲打打后，这栋屋子才摆脱廉价旅舍的命运，开始有了比较高尚的使命——知识传播。

第一批进到书店的顾客是来自好奇的左邻右里，他们不忘告诉柯克曼先生有关这栋屋子的过往，殊不知眼前的翩翩少年正是当年打闹的孩童之一，自父母意外故去后，他和几个姐姐进了住宿学校，由于男女分开上学，等他完成中等教育，才从来接他的比尔叔叔口中得知姐姐们在校期间相继患上伤寒离世。

"法兰克，从现在开始你得独当一面，或打工，或做点儿小买卖，再不继还可以靠这栋屋子过活，反正饿不死你。"比尔叔叔交给他一袋子的纸钞和硬币，"这是这些年所收的租金，你拿着。"

后来柯克曼先生利用这些钱，把极为普通的民宅装修成中规中矩的书店，自己摇身一变成了书店主人，至于几年过后书店成了当地地标，那还得感谢柯克曼太太，若不是她的一双巧手和别出心裁的创意，"柯克曼的书店"（Kirkman's Bookshop）不过是众多商店中的一个，过眼即忘。

"仰望"完自己的书店后，柯克曼先生一刻也不敢停留，因为曼彻斯特的商店通常太阳下山后便停止营业，留给他的时间不多了。

（注1：英国的底楼相当于中国的一楼，也就是从地面往上，依序为底楼、一楼、二楼、三楼……）

第三章/老约翰酒馆

在老约翰酒馆里，柯克曼先生边喝啤酒边唠嗑，直到有人提着皮箱进来，他才想起正事。

"法兰克，这可不像你，怎么才喝两瓶就撤了？"已经秃顶的泰勒先生说。

柯克曼先生刚想解释两句，贝克先生抢先一步下注脚："法兰克是因为看不惯我的行事风格才想早点儿离开。"

这位贝克先生是张生面孔，据他说几天前还在东伦敦管理着一群打扫烟囱的童工，由于手段相当残忍，以致孩子们只要听到他的脚步声就瑟瑟发抖。直到目前为止，虽然尚未有孩子被他打死，但饿死的却有好几位，"纪律严明"不过是表面说法，主因是越瘦的孩子才越容易钻进烟囱里。

"没有的事，"柯克曼先生马上否认，"我因为有远行，所以想趁天黑前买些旅行用品。"

泰勒先生一听说，立刻以过来人的身份建议他不妨到"戴维斯的皮具店"购买平顶旅行箱，不能是圆顶的，否则就等着搬运工爆粗口。

"为什么不能是圆顶的？"柯克曼先生问。

"因为圆顶旅行箱跟斜屋顶一样，下雨时虽有排水功能，但不利叠放，搬运工当然不会高兴在本来就不大的空间内堆放不易叠放的行李。"

泰勒先生不知道柯克曼先生的儿子为他订购的是头等舱船票，这包括一间带阳台的海景房，行李当然直接送进房内，不会与二等舱或三等舱的行李混在一起。不过泰勒先生的建议，柯克曼先生还是听进去了，毕竟自己坐头等舱的机会不多（也许这是他人生中仅有的一次），那么买一个实用型旅行箱有其必要性，因为在他那个不到五百平方英尺的房屋内，有效的空间利用还是需要考虑进去。

"要什么旅行箱？"贝克先生忽然嚷起来，"用床单一裹，既轻便又不用花冤枉钱，再不济，买几口木箱子得了。"

听到这番言论，柯克曼先生立刻判断此人无海上旅行经验，因为船上湿气大，不管是布料还是木箱子都起不到保护作用（里面的东西容易长霉），所以还得是皮制品才行。

对于柯克曼先生的观点，泰勒先生深以为然，但也不好让贝克先生太下不了台，所以委婉地表示如果是一、两天的行程，贝克先生所言不愧是经济实惠的好法子。

"正是。"贝克先生频频点头。

这么一谈话，时间又溜走好几分钟，柯克曼先生不得不立刻终止。

"抱歉，我得到'戴维斯的皮具店'购买平顶旅行箱。"他站起身，同时戴上圆礼帽，"跟二位聊天很有意思，请继续你们的谈话。"

第四章/戴维斯的皮具店

柯克曼先生记得"戴维斯的皮具店"在切塔姆图书馆附近，如果步行前往，估计抵达时天都黑了，于是他拦下一辆马车。

"I先令。"马车夫说。

由于柯克曼先生只愿付5便士，马车夫便带着他的马和车子骄傲地走了。正当柯克曼先生不知所措时，一辆有轨马车适时来到，这次他没还价（也还不了价），赶紧上车。

上车后的柯克曼先生排开众乘客挤到马车上层，视野一下子开阔起来，不仅看到轨道两旁的联排房屋和站在屋前向有轨马车行注目礼的居民，也看到在轨道前后追着马车跑的孩子们……

不怪人们大惊小怪，当有轨马车第一次出现在城里时，柯克曼先生就像看到一只蓝色的猫一样惊奇，尤其这车子还是双层的，坐在上层岂不像飞人般快活？后来坐过几回之后，没那么新鲜了，反倒观察车外景象更加有趣，譬如有一次他就亲眼目睹自行车骑士因为太关注有轨马车而跌进路旁的麦杆堆里。

就在规律而无聊的马蹄声中，车子不知不觉来到厄维尔河畔的大教堂前。柯克曼先生赶紧下车，又走了两个街区才来到目的地。

"日安！"柯克曼先生摘下圆礼帽，"天气越来越热了。"

"可不是吗？热得我想光膀子。"皮具店老板走上前来，"有什么可以为您效劳？"

"我想买一个旅行箱，平顶的。"

"您来对地方了，我这家店拥有全城最好的旅行箱，请随我来。"

柯克曼先生后来看中一个非常牢固的旅行箱，箱身用深褐色的皮革包裹着，边角以黄铜固定住，两侧有把手，可以上

锁，缺点是过于笨重，不管手提或肩扛
都不是易事。

"买旅行箱肯定有远行，您这次上哪儿
逍遥？"皮具店老板问。

"印度。"

"印第安？"

"不是印第安，是印度，在亚洲，产茶
叶的。"

"我以为茶叶只有中国有，那玩意儿可
金贵得很！"

柯克曼先生原本也以为只有中国有，好
在现在印度也产茶叶，不用跟地球另一
端的中国做交易。

"除了旅行箱，您还需要什么？"皮具店
老板又问。

这家皮具店除了卖皮箱之外，还卖任何
跟皮革有关的东西，好比皮带、皮鞋、
皮手套、皮衣……等等，柯克曼先生甚至
看到几个沙漏造型的皮鼓，据说来自非
洲。

"我不认为我还需要什么。"他答。

"我认为您还需要一双皮鞋，正式场合
穿的。"

柯克曼先生想想也对，他的确需要这么一双鞋，可是现场看到的都是样鞋，手工订制起码得好几天才能完成，而那时候他已经在船上了。

皮具店老板承认这是事实，但看过柯克曼先生脚上所穿的鞋后，事情有了转机。

"您的鞋楦长应该接近一英尺，不妨试试我店里的样鞋，它们都在一英尺。"皮具店老板说。

于是柯克曼先生指向一双看起来最不花俏的鞋，问："我可以试试这双吗？"

第五章/玛格丽特公主号

今天阳光普照，已经略有初夏的影子，无怪乎柯克曼先生会穿上比较宽松轻便的衣服，可是排在队伍当中的男士们却依然身着经典六件套（衬衫、领结、西裤、马甲、外套、大衣），同时戴上高礼帽；女士们也不遑多让，巴斯尔式长裙凸显了她们凹凸有致的身材，而头上装饰着大量羽毛、花卉绸带和蕾丝的宽边帽则是身份与地位的象征。

"先生，这是头等舱的队伍，"穿着笔挺白制服，头戴水手帽的乘务员指向另一边，"二等舱在那里登船。"

为了这次远行，柯克曼先生特地把八字胡修剪得整整齐齐，同时带上最好的家当，之所以还有误会产生，他心想也许是身上的拉翁基茄克以及没有家仆帮提行李的缘故。

"我是头等舱的乘客。"柯克曼先生有些不自信地答。

"请出示您的船票。"

"有人帮我代订，他的名字叫强纳生·柯克曼。"

"请稍等，我让另一位乘务员去核实。"

于是柯克曼先生往旁边挪步，好让身后的乘客继续检票。

这种在众目睽睽之下等待审查结果的感觉并不好受，如果柯克曼先生的儿子替他买的是二等舱船票，他反倒舒坦些。

等了好几分钟之后，一名带着微笑的乘务员向他走来，说："早上好，柯克曼先生，抱歉让您久等了，您只有两件行李吗？"

"是的。"

几天前，柯克曼先生在"戴维斯的皮具店"买下一个旅行箱，回家后发现不够用，所以又回去买下第二个，老板戴维斯先生还笑话他打算把老婆塞进箱子里逃票。柯克曼先生没多做解释，因为不想

看到别人因说错话而着急说抱歉的样子
。

那名笑容可掬的乘务员后来协助柯克曼先生登上小船，等上了大船后又带他至房间。不一会儿的工夫，两个旅行箱也送到，并且整齐摆放在角落。

"先生，如果有需要的话，我可以带您参观船上设施。"乘务员对他说。

"不用了，我喜欢独自探险。"

乘务员一时没反应过来，等反应过来时，他捉狭地加了几句："忘了告诉您，船上有个女鬼叫安娜，见到她时可别忘了打声招呼。"

这次换柯克曼先生没反应过来，等反应过来时，他哈哈大笑，答："我正是安娜的丈夫，见到她时可不止打声招呼而已。"

说起柯克曼太太，她的名字的确叫安娜，婚后冠上夫姓，成了柯克曼太太，还好另一对柯克曼先生和柯克曼太太已经不在人世，否则这桩婚事有的磨了，因为安娜的出身不好，婚前不过是一名纺织女工，很难入律师身份的公公和护士身份的婆婆之眼。

本来，柯克曼先生的理想伴侣和父母颇为一致，都是出身良好的大家闺秀，再不济，也得是一名新时代女性，好比教师、护士、接线生、打字员……等，但看到貌美的安娜后，柯克曼先生根本无法思考，天天只想跟她死守在一起，而安娜刚好也有靠婚姻改变命运的想法，两人一拍即合。婚后的日子算得上水乳交融，若要说有什么遗憾，那无非是安娜的身体状况不允许，只生了一个孩子，而这个孩子从小就坐不住，是老师眼中的头号麻烦……

今日柯克曼先生忽闻船上有个女鬼叫"安娜"，他不觉得被冒犯了，反倒觉得相当有趣，所以换上比较正式的服装后便外出"寻鬼"去。

第六章/初来乍到

船舱内铺着红色地毯的走道稍嫌狭窄，更不巧的是柯克曼先生才走没几步便迎上两位做华丽打扮的淑女。他下意识往旁边靠，就差贴紧墙面，结果两名女士在与他交错前便已走进左侧房间，咯咯咯的笑声听起来很刺耳，仿佛在取笑他。

柯克曼先生的原生家庭算小康，读的是只提供给中产阶级子女就读的公立学校（即便后来发生变故，他和姐姐们进的也是公立的住宿学校，与慈善机构开办的有天壤之别，这还得感谢无私的比尔叔叔），而开始自食其力之后，平常来店里买书的顾客也多半是富贵人家或专业人士，因为一般平民百姓买不起新书，大多手抄或用二手的。简言之，柯克曼先生不是"拘泥保守、没见过世面"的那类人，但方才的表现还是有点儿反应过度，这与他骤然进入一个新环境有关，以致于他需要喝一杯定定神。

"请问……"柯克曼先生拦下一位乘务员，"哪里可以喝一杯？"

"剃刀党酒吧11点钟才开门，您可以到甲板上，那里提供啤酒、葡萄汁和苏打水。"

离酒吧开门还有二十多分钟，柯克曼先生决定先上甲板瞧瞧，结果人还未到，欢乐的声浪便像一波又一波的潮水，迎面向他袭来。

第七章/没落贵族

上邮轮前，港口上方晴空万里，来到甲板上，虽然海风萧萧，但阳光灿烂，以致没等喝完老艾尔，柯克曼先生已经开始出汗。

"今天天气真好。"一位金发男人说，他的躺椅和柯克曼先生相邻。

"是的。"柯克曼先生答。

然后他们各报姓名，原来金发男人名叫爱德华•得菲亚。

"法兰克，你的穿着太慎重了，不热吗？"得菲亚先生问。

不用他人提醒，柯克曼先生已经意识到自己"又"穿错衣服，这甲板上的男女皆已摆脱登船前的盛装，改穿轻薄但看起来质料很好的休闲服。

"我原本打算到酒吧喝一杯，乘务员告诉我得等到11点，所以我上到这里来。"柯克曼先生为自己的穿着做出解释，虽然他也不清楚船上酒吧是否有着装要求。

"我跟你不一样，上到甲板是为了欣赏美女戏水，如果不是黑烟滚滚，画面会更怡人些。"

这艘超级邮轮的顶层甲板上除了有一个约两节火车箱长度的泳池外，还矗立着4个不等距的高大烟囱，排烟量相当惊人，气味也不好闻。

"黑烟越多代表船航行的速度越快，只是难为锅炉舱里的工人了。"柯克曼先生说。

"这是他们的工作，如果不给锅炉添煤块，他们连土豆都吃不起。"得菲亚先生喝了一口姜味汽水，"别告诉我——你是工党领袖。"

"当然不是，"柯克曼先生笑了，"我是书店老板。"

"书店老板？你指的该不会是哈查滋书店吧？！"

"不，我的书店不在伦敦。"

"不在伦敦，莫非你在利物浦上船，你的书店也开在那里？"

"我的确在利物浦上船，但我的书店开在曼彻斯特，谁让曼彻斯特没有港口（注2），只得异地上船。"

"那么你的书店一定经营得很成功。"

"为什么这么说？"

"这头等舱的船票可不低，我不过从坎努罗杜努姆坐到马来西亚的槟榔屿，住的还是没有窗户的内舱房，就要了我350英镑。"

"单程？"

"单程。"

柯克曼先生的船票由儿子支付，双程，住的还是带阳台的海景房。这么一合计，船票没有一千，也有八百，是他年收入的好几倍。

"船票由我儿子支付，我并不清楚票价多少。"柯克曼先生解释。

"你有个好儿子。"得菲亚先生下结论。

柯克曼先生嘴巴同意，但脑海里浮现的却是过往的碎片回忆，那个从小淘气，长大后又经常惹祸的儿子，可没少让他们夫妻俩操心。

"你游泳不？"得菲亚先生忽然问。

柯克曼先生摇头，别说身上的着装不合适，他连件泳衣也没准备，因为没料到邮轮上竟然有泳池。

"那么我上更衣室更衣，淑女们正等着我加入呢！"

得菲亚先生离开后，柯克曼先生将视线投向泳池。说是泳池，其实更像戏水池，几名穿着深色法兰绒及膝连身裙，裙下是灯笼裤或黑色长筒袜的女士正嘻嘻哈哈地玩水，偶尔与池畔泡脚的男士聊上几句……

还没等柯克曼先生从遐想的世界里走出来，身穿黑色无袖上衣和同色短裤的得菲亚先生便出现，并且迅速跳入泳池，当他从水里站起来时，还向不远处的柯克曼先生挥手。

柯克曼先生心想这个人可真热情，正要也挥手致意时，背后传来说话声："爱德华为了躲他姑姑，真是煞费苦心。"

"可不是，其实他姑姑找的美国小姐条件极好，是银行家的女儿，嫁妆很多，配得上他的贵族身份。"

柯克曼先生的心喀噔了一下，原来方才与他交谈的是一名没落贵族（否则不会被安排娶有钱的美国女子），同时也庆幸自己的反应不及时，否则尴尬了，因为得菲亚先生明显是向自己身后的人打招呼。

"先生，您要不要再来一瓶老艾尔？"乘务员问柯克曼先生。

"不了，谢谢！"他答。

其实柯克曼先生还能再喝一瓶，但一来他大汗淋漓，得马上回房换件衣服；二来他饥肠辘辘，如果船上餐厅提供冻肉三明治，那再好不过！

（注2: 直至1894年，修建完毕的曼彻斯特大运河才投入使用，此时船只方可驶入。）

第八章/丰盛的午餐

柯克曼先生的书店每年能为他挣得两百多英镑（在扣除所有的开支后），这个数字若放在伦敦，无疑是难堪的，但放在曼彻斯特，柯克曼先生一家可以过上有酒、有肉、有蔬菜，偶尔还能来上一趟短程旅行的滋润生活。

当柯克曼太太还在时，这个贤惠的女人会不辞辛劳地替自己的丈夫送去最新鲜的午餐（即便当天有事，无法亲送，柯克曼先生的公文包内也会放着事先准备好的三明治），他再到地下室，利用那里的灶具煮杯咖啡就着吃。每当这时候，他总有"富可敌国"的满足感，因为脚边堆积的是一本本等着上架的书，字字珠玑，也许是但丁的《神曲》或莎士比亚的《十四行诗》，也可能是奥特利乌斯编辑的世界图集或孩子们最爱的童话故事，甚至可见几本最时尚的彩饰写本书（把油画、雕塑等工艺应用在书本封面上）。然而自从柯克曼太太去世后，这幅景象不见了，因为鳏居的柯克曼先生嫌麻烦，索性把这可有可无的一餐给免除掉，不过这没想象中难捱，因为午后他总会溜到酒馆喝一杯，顺便吃点儿小食，像是烤坚果或炸猪皮之类，这样至少能撑到夜里七、八点钟都不会肚饿，届时再吃上一天当中最重要且丰盛的晚餐。

今日，已经坚持几年"中午不食"的柯克曼先生破例了，除了"船票昂贵，不吃可惜"的原因外，还有懒散所带来的饥饿感。

在乘务员的指引下，柯克曼先生很快就找到早餐厅（这个厅室提供白天所需的饮食，任何时候，头等舱的客人都能进来饱餐一顿）。与想象中的"豪华"不同，早餐厅的装饰颇有东南亚风，譬如桌椅是藤编的，墙上还挂着木制的花卉和动物浮雕，虽不难看，但缺乏庄重典雅的气息。

"先生，我们的午餐有四样冷菜、三样热菜，饮料有接骨木花露、姜汁啤酒、皮姆酒和香料酒。"乘务员说。

听完介绍，柯克曼先生翻看一下今日的午餐菜单，除了餐前固定会有的面包和黄油外，冷菜有意面芦笋沙拉、培根乳蛋派、青花菜土豆泥、咸猪肉，热菜则有烤鱼、蔬菜鸡肉卷和咖喱羊肉。

这个结果有点儿出乎意料，柯克曼先生原以为午餐都很简单，没想到像晚餐一样丰富。

他随意点了几样，都算得上可口，除了邻桌传来的咖喱味道让他有点儿作恶外，没什么大问题（这提醒他印度是个香料大国，到了当地，还不知道会遇到什么稀奇古怪的食物）。

等饭后甜点也吃过后，柯克曼先生跟乘务员要雪茄抽。

"先生，早餐厅只提供登喜路香烟，如果要抽雪茄，请到聚会厅。"乘务员答。

于是柯克曼先生信步往聚会厅走去。

第九章/玩具制造商

柯克曼先生有一个海泡石制的烟斗，那是他父亲的遗物之一，即使后来人们更钟意石楠根烟斗，他依旧使用父亲留下来的老烟斗，连烟丝也与父亲惯用的一模一样，仿佛通过这种仪式，他能与死去的父亲更靠近些。

除了抽烟斗，柯克曼先生偶尔也抽卷烟，但流行于上流社会的雪茄却一直没尝试过（更确切地说，他舍不得花相对较高的价钱在非必要的消费上）。如今搭上价昂的邮轮头等舱，柯克曼先生岂能错过？既然乘务员说船上的早餐厅不提供雪茄，他不介意移步到聚会厅。

聚会厅的布置与早餐厅截然不同，整个区域显得气派非凡，除了装修奢华外，天花板上方的透光穹顶天窗也帮了大忙，倘若少了采光，高级感会减少很多。

柯克曼先生在低靠背、可深坐的沙发椅上坐下，乘务员问他想喝点儿什么？

"雪莉，另外给我一根雪茄，谢谢！"

话一答完，一个高大壮实、留着大胡子的男人也就座，他要的是白兰地和棕色雪茄。

隔了一会儿，柯克曼先生要的东西送到，另外还附上一根条状木片和一小盒火柴。

当柯克曼先生正要用火柴去点燃雪茄时，大胡子男人开口："你该不会想点燃它吧？！"

"当然，为什么不？"

大胡子男人遂起身走向他，问："这位子我可以坐吗？"

"请坐。"

大胡子坐下后，他们各自报了姓名，柯克曼先生因此知道此人叫马修·汤普森。

等应酬话说完，汤普森先生回到主题，他解释道："这火柴上过蜡，点燃时会影响雪茄的芳香，通常得用专门的雪茄火柴，不过这艘邮轮更讲究，提供了香柏木片，其所发出的芳香可与雪茄的烟香相互交融，更添风味。"

柯克曼先生不免有疑问，既然上过蜡的火柴不适用，为何跟着雪茄一起呈上？

"为了点燃香柏木片呀！老兄。"他答。

因为"老兄"这个称呼，柯克曼先生判断马修绝非来自传统意义上的上流社会。

此时，乘务员送来汤普森先生要的白兰地和棕色雪茄。

"真奇怪！我们的雪茄竟然不同色。"柯克曼先生看着自己的黑色雪茄说。

汤普森先生再度做出解释，原来棕色雪茄具辣味、黑色雪茄具甜味，两者无优劣之分，全凭个人喜好。

柯克曼先生恍然大悟。

"第一次抽雪茄？"汤普森先生问。

"不瞒你说——是的。平常我抽烟斗或卷烟，这是第一次抽雪茄。"

"那么你仔细观察我是怎么做的。"

听汤普森先生这么一说，柯克曼先生立刻聚精会神起来。首先，汤普森先生将雪茄放在耳边，以食指及拇指握住烟身轻轻搓转，接着用上蜡的火柴点燃香柏木片，再将雪茄置于火焰上转动，等烟身被略烤过，再均匀地点燃雪茄烟头。

"切记，要用内焰点燃雪茄，非外焰，因为外焰的温度太高，烟叶容易有焦味。"汤普森先生说。

"那么把雪茄放在耳边又是什么作用？"柯克曼先生问。

"如果转动烟身发出龟裂声，代表不新鲜，你可以要求提供者重给一支。"

示范完毕，柯克曼先生依样画葫芦，汤普森先生则边抽雪茄边察看，偶尔纠正他的动作。

"现在吸一口，含住，别把烟吸到肺部，因为雪茄含有较高的尼古丁，对身体的危害较大，所以烟只能停留在口腔、鼻和咽喉部。"汤普森先生又说。

柯克曼先生照做，果然享受到与以往不同的滋味。

"棒吧？！"汤普森先生啜了一口白兰地后，再抽一口雪茄，然后缓缓吐出白烟，"顺便告诉你——与雪茄最搭配的酒是白兰地或威士忌，你的雪莉酒还差点儿意思。"

"冒昧问一句——你是不是雪茄进口商？"

"不，我是玩具制造商，抽雪茄是我的爱好。"

"玩具制造商？你说的可是木制摇马或发条玩具？"

"比那个高级，譬如采用內燃机驱动的踏板车、半人高的玩具屋、精致的陶瓷娃娃等。木制摇马也会有，不过比平常能见到的精细很多，更像是艺术品。"

"你的客户多吗？"

"多，暴发户、新贵族、老贵族、皇室成员等都是我的客户，他们只要最好的，不论价格。"

柯克曼先生心想如果他有孙子或孙女，应该会买几件玩具送他们，但肯定不会向汤普森先生购买，因为光听描述就知道所费不赀。

"你呢？你是暴发户、新贵族、老贵族、还是我尚不认识的皇室成员？"汤普森先生问。

柯克曼先生笑答："皆不是，我只是个书店老板。"

"书店老板？你指的该不会是哈查滋书店吧？！"

接下来的谈话与稍早甲板上曾有过的雷同，柯克曼先生只需把说过的话复述一遍即可。

"你有个好儿子。"汤普森先生下结论。

第十章/白镇与黑镇

话正说着，有两人联袂进到聚会厅，对于柯克曼先生而言，一个面生，一个面熟。

"乔治，爱德华。"汤普森先生向他俩招手。

待两人走近，柯克曼先生和汤普森先生略为欠身，以示欢迎。等四人都坐下后，又是一番寒喧和自我介绍，趁乘务员过来服务，柯克曼先生特别打量那个叫乔治·卡芬地许的人，除了首次见面的原因外，还包括此人是一名足球队员。

"我看过报纸，流浪者以1-0战胜皇家工程师，夺得第一届英格兰足总杯，没想到我有幸认识冠军队中的队员。"柯克曼先生说。

"别提了，那次比赛我伤了膝盖，医生说若再踢球，下半辈子就只能拄着拐杖走，所以我退出球队了。"卡芬地许先生答。

"真遗憾！"

"不遗憾，中国有句古话'祸福相倚'，意思是祸和福互为因果且互相转化，坏事可以变成好事，好事也可以变成坏事。"

柯克曼先生点头表示同意，这句话的确很有哲理，哪晓得汤普森先生却笑了（虽然他曾试图忍住，但没成功）。

"你笑什么？"柯克曼先生问。

"对不起，我不应该笑，但这话从乔治口中说出来，还是有点儿滑稽。"

柯克曼先生问哪里滑稽？汤普森先生摆摆手，拒绝回答，反倒是卡芬地许先生主动解释："马修的意思是我当球员是祸，反之才是福。"

这么一解释，柯克曼先生更加迷糊了。

"瞧你们，把简简单单一件事给搞复杂了，让我来！"得菲亚先生啜了一口白兰地后，看向柯克曼先生，"乔治的家族不需要他踢球，他该做的是当一名合格的绅士。"

柯克曼先生语塞了，他原以为足球队员的身份足以傲人。

"法兰克，令郎在哪儿高就？"卡芬地许先生忽然问，转移话题的用意非常明显。

"他在东印度公司工作。"柯克曼先生答。

"东印度公司？"汤普森先生插嘴，"这是个肥差，具体是做什么的？"

柯克曼先生再次语塞，如果说他本人属于下层的中产阶级，他的儿子无疑连这个也没守住，已经沦为底层劳工了。

"他恐怕没有诸位的工作体面。"柯克曼先生说。

"此言差矣，工作不分贵贱，何况我和爱德华连工作都没有。"卡芬地许先生抽上一口雪茄，再缓缓吐出，"我的目的地是孟买，如果可能的话，非常想与令郎认识一下。"

"当然，只是我的目的地是加尔各答，两地相隔甚远。"柯克曼先生答。

接下来的话题转向加尔各答，说它是英国东印度公司的鸦片贸易中心，还有，那里划分为两个区域——白镇与黑镇。白镇的居民以白人为主，不论建筑或公共设施都很现代化；黑镇则全是印度人，不仅贫穷落后，治安也堪虞……

既然谈到印度，柯克曼先生不吝分享自己所知，包括释迦摩尼佛、种姓制度和一位刚在文坛上展露头角的诗人——泰戈尔。

"诗人？"得菲亚先生冷哼一声，"近代诗人除了拜伦、雪莱、济慈，我不认为有人会写出更出色的诗，尤其还是个印度人。"

"你读过泰戈尔的诗？"柯克曼先生问。

"虽然没读过，但除了赞美神祇和大自然，我想不到还能是什么。就算他写得再好，也不可能比得上大英帝国的诗人。"

得菲亚先生的言论很快得到卡芬地许先生和汤普森先生的认同。

柯克曼先生不置一语，后来索性找个借口离开。

第十一章/油沥面包

柯克曼先生站在连着房间的阳台上欣赏一望无际的大海，耳中传来海水拍打船身的声音，本来这是一件惬意的事，却被他所处位置下方的嘈杂声给破坏了。柯克曼先生探出头去，以为可以找到噪音制造者，可惜除了突出的舷窗和悬挂在船体上的救生设备，什么也看不到（注3）。

既然噪声扰人，柯克曼先生索性回房找宁静。为了这趟远行，他特地携带三本新书，分别为法国作家福楼拜的《包法利夫人》、俄国作家屠格涅夫的《父与子》和印度诗人泰戈尔的诗集《一个诗人的故事》。

面对三本书，柯克曼先生犹豫了一下才伸手去拿最厚的那一本……

也不知读了多久，直至室内光线明显变暗，柯克曼先生才惊觉时候不早，他得为接下来的晚餐做"着装"准备。

自从知道儿子为他购买的是头等舱船票，柯克曼先生就开始为穿衣发愁（如果真能做到不在乎他人眼光，这倒好办，问题是他不愿被当成异类，这才麻烦）。思来想去，柯克曼先生决定还是穿上五件套，即衬衫、领结、西裤、马甲和外套，同时把在"戴维斯的皮具店"购买的新皮鞋给套上，这才有了起码的底气。

晚餐在正餐厅用餐，乘务员很热心地指引他，可说是毫不费力就找到了，只是到了现场他又不免心怯，因为正餐厅里的女宾们纷纷穿起前凸后翘的曳地长裙（如果仔细观察，这类衣服集合皱褶、蕾丝、荷叶、流苏等元素，连钮扣也用真丝或绸缎包裹起来），而男宾们同样慎重其事，个个穿上前短后长的燕尾服和高腰西裤，浆白的衬衫上还缀有堆叠的前襟，显得时髦非常。这么一对比，柯克曼先生的穿着保守得像参加周日礼拜。

在乘务员的带领下，柯克曼先生来到一张六人大圆桌。入座后，同桌的两男两女同时向他点头致意。

"诸位好，我是法兰克·柯克曼。"他做自我介绍。

话一说完，另一名与他年纪相仿的女士被带到，她的座位和柯克曼先生相邻，自称是柏西太太。

显然，柯克曼先生和柏西太太不若另外两对（哈里斯夫妇和彭什毕夫妇）亲密。

"太好了，人终于到齐，接下来应该很快会上菜。"哈里斯先生说。

彭什毕太太接住他的话题往下延伸："今日午餐我没吃多少，还好晚餐有我喜欢的烤羊排和烟熏黑线鳕，希望厨师的厨艺不会让我失望。"

柯克曼先生快速浏览一下今日的晚餐菜单，果然有这两道菜。

"亲爱的，"彭什毕先生开口，"午餐妳是吃的不多，但下午茶可吃得不少，我全看在眼里。"

"你的眼里还有我？我以为你已被波克家的两姐妹给迷住了。"

见情势不对，哈里斯先生转头问自己的太太："妳下午的战绩可好？"

"别看林肯太太个头娇小，打起壁球力道十足，好几次我差点儿失分。"哈里斯太太答。

柯克曼先生很好奇，莫非船上还有壁球场？

哈里斯先生告诉他不仅有壁球场，还有健身房和土耳其浴室。

柯克曼先生曾在报纸上读过有关土耳其浴室的报导，没想到这玩意儿近在咫尺，不禁跃跃欲试。

知道柯克曼先生想尝试，柏西太太向他提出忠告——女搓澡师的力气很大，疼得她哇哇叫，小心男性浴室的男搓澡师也是如此。

柯克曼先生还未答复，彭什毕太太倒先表态，她说自己不怕疼，还问搓澡师可是土耳其人？

"应该不是，皮肤很黑，我猜是印度人。"柏西太太答。

这艘邮轮会在印度停靠，倘若船上有印度劳工，这也说得过去。

他们六人就这么一边闲聊，一边饮用餐前酒，直到第一道冷盘上桌，餐前酒才撤下，取代的是用利口杯装着的金巴利酒，话题也转了方向。

"不知船上的二等舱和三等舱都提供什么食物？他们也吃前菜吗？"哈里斯太太喃喃道。

彭什毕太太答："我听说二等舱的客人吃的还行，有荤有素，但三等舱的客人就只能吃油沥面包。所谓的油沥是烤肉时所滴下的肥油，把它淋在面包上可充作干酪的替代品。"

"为什么不用干酪？"哈里斯太太问。

"因为三等舱吃不起干酪。"哈里斯先生主动告诉自己的太太。

话正说着，乘务员送来法式清汤（因为这个突来的变化，话题转向法式餐点，柯克曼先生大松一口气，总算可以不用再听到令人不安的言论），酒也换上雪莉酒，用的当然是雪莉杯。

第三道是鱼，酒变成了白葡萄酒，杯子是比较瘦长的高脚杯；第四、五、六、七道皆是烤肉，分别是鹿肉、野猪肉、羊肉和牛肉，酒也换上红葡萄酒，杯子则是杯口更宽，杯肚也更圆润的高脚杯。

他们边吃喝边聊得兴起，彭什毕先生忽然噗嗤一笑，成功吸引住同桌的目光。

"对不起，失态了。"他用餐巾轻拭嘴角，"我忽然想起我太太说过的话，原来……呵呵呵……原来三等舱食客嘴里的油沥面包，其肥油正来自我们食用的烤肉。"

此话一出，除了柯克曼先生，在座五人皆笑不可支。

彭什毕先生见气氛大好，不介意让欢乐加倍，遂说："再告诉你们一件趣事，某天早晨家里的仆人替我端来洗脸水，逢我心情好，给了他一杯茶和一小块甜饼。仆人说这是他第一次喝到这么好喝的茶及吃到带甜味的饼，于是我问他下午茶都吃喝些什么？结果他答：'先生，您没给我们喝下午茶的时间啊！'"

"老天！"柏西太太嚷起来，"可见你是个多么苛刻的主人，我起码还会给家仆吃点儿薯片或姜饼，否则下午的办事效率差多了。"

. . .

（注$_3$：邮轮头等舱的下方是二等舱，二等舱的下方是三等舱，就像一栋垂直的楼房，除非楼下的人伸出头来，否则楼上的人是看不见的。）

第十二章/大菱鲆

头等舱的晚餐有十二道之多，吃完后，乘务员把餐桌清理干净，接着为每个席位摆上洗指碗（餐后供洗手用的器皿）和甜品盘。用过甜品后，女宾们移驾到聚会厅继续聊天，男宾们则留下来喝酒，还好这段时间不会太长，否则整个夜晚算是搭进去了。

当柯克曼先生回到房间时，已是夜里十点多，耳朵还嗡嗡作响。他把身上五件套脱下，换上宽松的长睡衣，然后上床准备就寝，可是怎么也睡不着，脑里尽是同桌人有意无意的嘲讽，虽然未必针对他，但柯克曼先生还是觉得难受，并对自己的沉默感到生气，他应该表明态度才是，好比油沥面包不该被取笑，它真的香，是柯克曼先生一家最喜爱的食物之一……

这就是症结所在，柯克曼先生处于下层的中产阶级，很多生活习惯和消费观不免与上层的劳工阶级重叠，如今阴错阳差进到上流社会的圈子，虽然他尽量让自己显得不卑不亢，但当面对似有似无的恶意或贬低时，还是无法做到波澜不惊。

隔天，柯克曼先生被一连串欢快的喧闹声给吵醒。他寻声走到阳台，往下一看，原来海面上有一群海豚在跳跃，一前一后追逐着邮轮。

除了海上有动静，柯克曼先生还注意到所处位置的下方伸出几双挥舞的手，想必手的主人正在向海豚打招呼，这也是扰了柯克曼先生清梦的出处来源。

既然被吵醒，柯克曼先生索性欣赏一下清晨的美景，那绸缎似的蓝布被一层连着一层的白浪给骚动，往远处眺去，海天衔接处有一抹鹅黄，不仅带着朦胧的诗意，还预告着阳光灿烂的一天即将开始……

如果不是海风微凉，柯克曼先生很愿意再多停留一会儿，结果就在他准备回房时，有人向下抛物。起初，柯克曼先生以为是恶作剧，后来发现扔的是食物（这可以从海豚们争先恐后抢食的画面得到佐证），不禁开始寻找投食者。等那只投食的手再度出现时，柯克曼先生瞬间就抓获那个人的侧脸。

"嘿！乔治，你在做什么？"柯克曼先生喊。

"给海豚们加餐。"

"哪里来的？"

"从厨房拿的。"

"什么鱼？"

"大菱鲆。"

对于平民而言，鱼类无疑是补充蛋白质的主要来源，因为它的价格相对便宜，好比 10 便士就能买到半个手臂长的鲱鱼（同样的价钱，1/4 个手掌大的牛肉都买不到），可是卡芬地许先生口中的大菱鲆却不一样，据说这种鱼很难捕获，所以价格昂贵，一向只提供给特定人群食用。

考虑到有的邻居还在睡梦中，柯克曼先生不再追问，转身回到房内。

第十三章/打桥牌

柯克曼先生走进早餐厅，人不多，不用与他人拼桌。

入座后，乘务员问他要茶还是咖啡？

"茶，谢谢！"

柯克曼先生一答完，拿起桌上菜单，还未细看，乘务员主动告知除了大菱鲆，其他都有。

"为什么没有大菱鲆？"柯克曼先生问。

"原本是有的，不知怎的没了，不过您放心，船上的食物充裕，每一样都很可口。"

这让柯克曼先生想起清晨的一幕，莫非大菱鲆进了海豚的胃，以致缺货？不过乘务员说的没错，虽然少了大菱鲆，但端上来的早餐（麦片粥、炒蘑菇、蛋吐司、香煎鳕鱼等）无一败笔，这让柯克曼先生对未来的几餐更具信心与期待。

"嗨！法兰克。"汤普森先生向他走来，"怎么现在才吃早餐？"

今晨，柯克曼先生被二等舱的客人给吵醒，本来可以提早解决早饭问题，但他又回到床上补眠，以致临近11点钟才吃早餐。

"你不也是？"柯克曼先生反问。

"我是回来拿遗留在这里的房间钥匙，看见你，顺便过来打声招呼。"

"忙吗？"

"不忙，"汤普森先生拉开椅子坐下，"你打不打桥牌？"

"偶尔打。"

"想找你当同伴。"

"可以，在哪里打？"

"酒吧。"

柯克曼先生想起昨天没去成的酒吧，餐后若来上一杯，岂不痛快？

"行，等我吃完早餐就去。"他答。

"行，等我吃完早餐就去。"他答。

第十四章/土皇帝

柯克曼先生本来想先喝酒再打牌，可是另外三人等不及，只好先开战。

第一局打完，柯克曼先生和汤普森先生吃了败战。

"你俩的默契还是不够，当我用黑桃9将吃时，马修不该用黑桃K超将吃，这成了无可挽回的错误。"弗特斯库先生说。

"是的，"柯克曼先生立刻同意，"如果马修选择垫草花而不是超将吃，我方至少能拿到两个赢墩。"

"看来你对桥牌很有心得。"彭度先生开口。

"只能说略有心得。"柯克曼先生收起自己的纸牌，"再来一局，我相信我和马修的默契会越来越好。"

一轮下来，柯克曼先生和汤普森先生依然败北，但对手也赢得辛苦。

"游戏结束了。"弗特斯库先生把桌面上的纸牌全收起，"该喝点儿酒，轻松一下。"

这正符合柯克曼先生当下的心情，他要了杯琴酒。

"喝这么烈？小心晕船。"彭度先生说。

"喝醉了晕船不可怕，可怕的是没喝醉还晕船。"柯克曼先生答。

这听起来幽默，但彭度先生可不这么想，他认为柯克曼先生输不起，故意在言语上碾压他，所以牌局虽结束了，可是博弈还在进行，这可以从接下来似有似无的唇枪舌战中看出。

"你的书店经营得可好？"彭度先生问。

"过得去。"

"你肯定隐瞒些什么，'过得去'可负担不起头等舱的船票。"

汤普森先生插嘴表示柯克曼先生的船票是他儿子支付的，此人在东印度公司工作。

话题遂转向东印度公司，说它如何从一个商业贸易企业发展成为印度的主宰，甚至拥有自己的军队，即使几年前被解除行政权力，但影响还在，好比茶园和鸦片园的实际控制权仍握在东印度公司手里……

"鸦片园？"汤普森先生很是惊讶，"印度产鸦片？"

"是的，"弗特斯库先生答，"原本只在孟加拉种植，但受利益驱使，各地农民纷纷效法，因为相比其他农作物，鸦片的经济效益更高，把它输往中国，可说是一本万利。"

"我以为中国禁鸦片。"柯克曼先生说。

"只要烟民不死，交易就会一直存在，否则我吃什么？"彭度先生答完，仰头把剩下的啤酒喝完。

柯克曼先生犹豫了一下才问彭度先生可是鸦片供应商？

"没那么厉害，我不过是鸦片园的督察员，趁职务之便，偶尔干点儿私活，这一买一卖，利润就出来了。"

汤普森先生说想必这当中的利润相当可观，因为印度农民很好糊弄。

彭度先生立即否认，因为鸦片园被园主控制，而园主是东印度公司指派的，不可能被糊弄。

"饶是如此，你也应该赚得盆满钵满，否则可负担不起头等舱的船票。"柯克曼先生说。

彭度先生过了一会儿才反应过来——原来自己被反将一军。

"的确赚得不少，但没园主好，表面上他们受雇于东印度公司，实际上却是划地为王。"彭度先生停顿了一下，"我也算是东印度公司的人，顺便一问，令郎在东印度公司担任什么职务？"

"去印度之前，他是采茶机的维修工，至于现在做什么，我并不清楚，不过每隔一段时间，我都会收到上好的茶叶。"

"如果我猜的没错，他应该是茶园园主，跟鸦片园园主一样，都是土皇帝！"彭度先生说。

柯克曼先生不苟同，因为强纳生没有强
硬的后台和管理经验，不可能当上园主
……

"强纳生？令郎叫强纳生？"彭度先生问
。

"是的，有什么问题吗？"

彭度先生欲言又止，最后找个借口离开
。

弗特斯库先生见苗头不对，赶紧转移注
意力，问柯克曼先生最近可有什么新书
上市？

因为这个新话题，柯克曼先生暂时把不
安放下，开始侃侃而谈。

第十五章/明褒暗贬

接下来的船上生活已经从事事新鲜转变成习以为常，柯克曼先生除了上过两次土耳其浴室（男搓澡师果然力大无穷）和打过一次壁球外，每天就是食饭、饮酒、抽烟、打牌、聊天和阅读，真要说印象深刻，船长的欢迎晚宴可以算进去，因为席间他第一次见到船长尊容和听说有关英国驻印总督种种。

"总督所受的待遇与皇帝无异，"已经往返印度多次的蒙特故勋爵说，"譬如重要节日游行，总督坐的是豪华汽车，路上得清场，两边站满夹道欢迎的人群；逢出外巡视，后面甚至跟着一群盛装的大象礼仪队，放诸四海，这恐怕绝无仅有。还有，总督打猎有专门的猎装车队和随从，手里拿的是各式枪支，设宴更是穷奢极侈，参加的宾客非富即贵，论排场，绝不是普通富贵人家能撑得起的。"

"真的？我还以为印度既贫穷且落后。"奈弗小姐颇感讶异地说。

船长表示越是贫穷落后，贫富的差距也就越大。

"没错，"蒙特故勋爵又说，"譬如十八世纪的殖民头子克莱武就曾在英国议会里吹嘘：'富庶的城市在我脚下，强大的国家在我手中，我面前的宝库里充满了金条银锭和珍珠宝石，而我却只取了20万英镑。诸位先生，直到现在，我还奇怪自己为什么那样客气？'"

听到这里，柯克曼先生倒吸一口气，别说彼时是一百多年前，放在十九世纪的今天，20万英镑也是个天文数字。

"今日印度仍任由英国人予取予求吗？"柯克曼先生问。

"差不多，"亚斯库斯先生回答，"此乃殖民必经的阶段，毕竟我们为当地带来先进的技术，协助他们做跨时代的进步，这点小小的回馈是应该且值得的。"

柯克曼先生顿时五味杂陈，他是大英帝国的子民，理应为祖国的强盛而骄傲，但他同时也认为强取豪夺和霸凌不可取。

"柯克曼先生，"船长问，"听说令郎在东印度公司工作，冒昧问一句——他是做什么的？"

"事实上，我并不清楚。"他答。

"本邮轮不止载客，同时也做货运，如果令郎需要，我们很乐意提供服务。"

"我会转告他的。"

菲法斯先生听完，乐呵呵地拍拍船长的肩膀，说："你可真会拉生意，卡芬地许先生应该给你加工资。"

"卡芬地许先生？你指乔治？"柯克曼先生问。

"也是也不是，"菲法斯先生答，"这邮轮是卡芬地许家族在经营，目前当家的是乔治的父亲。"

柯克曼先生灵光一闪，原来这就是乔治能顺利从船上拿走大菱鲆的原因。

"我以为邮轮只载客和运送邮件，货物一般通过货轮。"柯克曼先生说。

"法兰克，你该不会以为船长的意思是指皮革或农产品之类的东西吧？！"蒙特故勋爵问。

"难道不是？"

此言一出，哄堂大笑。

"你是我见过最纯真的人。"蒙特故勋爵对柯克曼先生说。

任何人都听得出话里的嘲讽。

柯克曼先生感觉难受极了，趁话题转到林肯总统的暗杀事件，并且讨论得异常热烈，他静悄悄地走开。

第十六章/摄影师杰夫·罗宾逊

船上的欢迎晚宴过后，柯克曼先生依旧维持着正常的社交活动，但味同嚼蜡的感觉越来越强烈，不若从前有趣。这是相当可怕的事，他极需一点点儿的变化来拯救现状，于是趁着午后乘务员交接班，他偷溜到二等舱一探究竟，结果发现不管硬体设施、乘客衣着、乘务员的神色，乃至空气中的气味，二等舱都与头等舱截然不同（前者有中产阶级特有的稳定气息，也是柯克曼先生所熟悉的）。

柯克曼先生刻意站在甲板上好一会儿，直到确认身边人对他的出现不感怀疑，这才开始他的探险之旅。由于甲板上没有泳池和躺椅（取代的是一排排的长条椅），乘务员也不会上前服务，柯克曼先生决定把探险的第一步交给吧台。

"请给我果汁，谢谢！"他对吧台乘务员说。

"房号？"乘务员问。

"什么？"

"房号。"

柯克曼先生没料到连要杯果汁也得报房号，一时愣住了。

"连要杯喝的也得报房号，就怕我们多喝一杯会让他们少赚两个钱。"一个头戴洪堡毡帽的男子对柯克曼先生说，接着转向吧台，"给我来瓶啤酒，任何一种都行，房号A19。"

有了A19当参考，柯克曼先生报起A11显得自然许多。

"原来我们的房间相距不远，你是不是也反感A18？"

由于柯克曼先生不明白A18出了什么事，所以给了个模棱两可的回答。

"你也太仁慈了，我已经受够噪音，是时候反击。"

柯克曼先生问他要如何反击？得到的答案是他已经从厨房拿走鱼酱，打算把它涂在A18的门把上……

"你是泄愤了，但腥臭味几天都去除不掉，甚至会波及到你的房间。"

"说的对，这可怎么办？"

柯克曼先生想了想，建议他不妨换个房间，如果要求不被满足，就说卡芬地许先生不会高兴有此等事情发生。

戴洪堡毡帽的男人听完后露出防备的表情，快速喝完手中的啤酒后离去，让柯克曼先生颇感不是滋味。还好这种不舒服的感觉并没有持续很久，因为他被一个迷人的背影给吸引住，随她走向船尾，结果发现那名女子已有男伴，两人举止亲密，这让柯克曼先生有了微微的醋意。

打从柯克曼太太去世后，柯克曼先生就有鳏居一辈子的心理准备，没想到今日却动了凡心，原来他还有自己所不熟悉的部分。

柯克曼先生站在船尾，一语不发地看着大海，心里不免有些惆怅，直到咔嚓声传来，他才转过头去。

"你在拍我吗？"柯克曼先生问。

"不，我在拍船艄和蓝天。"一个头发梳得光亮，但山羊胡略显凌乱的男子答完，紧接着问，"你介意吗？"

"如果你拍的是船艄和蓝天，我为何要介意？"柯克曼先生向他走去，指着三角架上的东西，"这可是达盖尔相机？"

"比那个先进，也没那么笨重，否则拍照的难度又提高了。"那人伸出手与柯克曼先生握了握，"我叫杰夫•罗宾逊，幸会！"

"幸会，我叫法兰克•柯克曼。"

"其实我方才拍了你，你的背影看起来很孤独。"

"我知道你肯定把我拍进去了，希望你的拍照技术不差。"

"当然，想看我的摄影作品吗？我很乐意向你展示。"

"为什么不？"

于是他们离开甲板，往舱室走去。

第十七章/参观三等舱

柯克曼先生住的是连着阳台的海景房，房內不仅有一张双人床，还有一个小型客厅；反观罗宾逊先生，他的房间无窗，通风和采光皆不好，摆下一张单人床后，基本只容转身，以致床上也堆满东西。

罗宾逊先生把房內唯一的一把椅子让给柯克曼先生，自己则坐在床上翻找。

"找到了！"罗宾逊先生兴奋地喊着，然后递过去一本册子，"这是我和记者凯文•米尔合作的图文集，主要记录伦敦点滴。"

柯克曼先生开书店，自然会留意新书讯息，他很讶异自己竟然不知有本叫《伦敦剪影》的书。

罗宾逊先生解释不是柯克曼先生的消息滞后，而是这本图文集原本以月刊的形式发行，属于杂志类，后来才集结成册，他手中的这本是样书，离正式销售还要一段时间。

柯克曼先生恍然大悟，接着动手翻书，这一翻，像打开了潘多拉的盒子。

"这是一本宝藏书籍，它将图像、访谈、论文、报告等结合在一起，对于社会学的研究很有助益。"柯克曼先生说。

"这是妥协的结果啊！"罗宾逊先生无奈一笑，"谁让我刚展露头角，急需更有名气的人拉我一把，其实我真正想做的是出版摄影集，无需添加文字，因为照片本身会说话。"

柯克曼先生对这番言论原本持保留态度，但越翻看，越认同，好比图片中有一个瘦削的女人抱着一个脸色苍白的孩子瘫坐在地上，贫病交迫已跃然纸上；又好比另一幅图片中的孩子站在酒吧外望眼欲穿，有什么比"带喝醉酒的父母回家"更加可悲？

"你的作品的确会说话，真了不起！"柯克曼先生将册子合上，双手递回去，"

我相信有朝一日你一定会扬名国际。"

"希望我能熬到那一天，毕竟摄影器材和胶卷都很昂贵，我也需要吃饭，光靠卖书钱，止不了饥饿。"

柯克曼先生很纳闷，如果所言属实，他如何负担得起昂贵的船票？

罗宾逊先生解释此行是替一位有钱人拍结婚照，收入一般，但包船票和食宿，他还可顺便拍摄印度的风土人情，何乐而不为？

"你的目的地在哪里？"柯克曼先生问。

"我在加尔各答下船，雇主答应派人来接，据说还得坐上好几个钟头的火车才能抵达雇主家。"

柯克曼先生表示自己也在加尔各答下船，届时儿子会派人来接。

"你有个好儿子！"罗宾逊先生说完，掏出怀表一看，"不好意思，我和人约好了拍照，现在就得走。"

"在哪儿拍？"

"三等舱，船上的乘务员答应了放行，我不能迟到。"

柯克曼先生正想参观三等舱，所以问罗宾逊先生介不介意让他跟过去瞧瞧？

"不介意，但请低调，我不想惹麻烦。"他答。

第十八章/英印混血儿

"这是我的助手——柯克曼先生。"罗宾逊先生向守门的乘务员介绍。

那人面无表情地说："请二位天黑前一定得回，我不想惹麻烦。"

"没问题。"

于是乘务员打开栅栏，让拿着摄影器材的两人下楼，由于阶梯狭窄陡峭，着实花了好一番功夫。

等下到三等舱的甲板上，罗宾逊先生对柯克曼先生说："你随处看看，若想提早走就说一声，我估计会拍到天黑。"

"没事，你忙你的，不用管我。"

柯克曼先生答完，在甲板上晒太阳兼聊天的乘客三三两两向他们走来，似乎都对带镜头的木盒子感到好奇。

"这是量甲板大小的工具，没什么特别的，请诸位别妨碍我工作，谢谢！"罗宾逊先生大声说明。

知道不过是个度量工具，聚集的人很快四散。

柯克曼先生当然清楚罗宾逊先生说假话的用意，所以没有吱声，转身踱步而去。

由于三等舱的甲板比二等舱的小很多，柯克曼先生很快便走完一圈，同时发现这里的乘客连张长条椅也没有，只能席地而坐，那画面让他联想到挤坐在济贫院前等待一口热粥的人（不同的是白人换成了有色人种）。

"你在找什么？"一个包头巾，肤色没那么黑的印度人倚着护栏问他。

"没什么，"柯克曼先生努力在脑海中寻找借口，"我只是对傍晚的天色感到好奇。"

"灰绿色的云层代表即将有暴雨，并且伴随电闪雷鸣。"

"那可不妙！"

"的确，意思是今晚没法儿睡个安稳觉。"

"你怕雷声？"

"比起雷声，我更怕孩子的哭闹声，毕竟床与床之间只以帘子遮挡。"

柯克曼先生这才知道三等舱乘客的睡觉环境如此窘迫。

"二等舱的房间没那么差吧？！"那人忽然问。

柯克曼先生一时愣住，不知该做何回答。

"当你和摄影师带着可携式木箱照相机出现时，我就知道你们不是三等舱的客人，除了我的记忆力好，上船第一天就记住这里的每张脸孔外，再有一点，你身上的服装过于正式，这里的人不这么穿。"

讲到服装，三等舱的乘客的确穿得随意，但眼前的印度人不一样，他身上的长衫有繁复华丽的刺绣花纹。

"看来你好眼力，不仅能识人，连可携式木箱照相机也知道。"柯克曼先生说。

"因为我家正有一台。"

这个回答勾起柯克曼先生的兴趣，照相机是新兴产品，造价不菲，普通人甚至前所未闻，而这个印度人的家里竟然有。

"莫非你也是摄影师？"柯克曼先生问。

"不是，"印度人笑了，露出洁白的牙齿，"家父是'白色印度人'，做的是纺识品买卖。某天有人送他一台相机，跟你朋友正在使用的很像，但更精细些，有两个镜头，中间以隔板隔开，按一次快门能同时形成两张照片。"

"白色印度人？令尊可是白皮肤的印度人？"

"当然不是。"他又笑了，"说来话长，你想听吗？"

"很乐意洗耳恭听。"

于是这位英文名叫丹尼尔·克拉克的人开始讲述，原来他的父亲是位地地道道的凯尔特人(在罗马人之前就已定居不列颠的西欧人），后来到马德拉斯做生意，为了商业发展和生活上的便利，娶了当地的贵族女性。虽是明媒正娶，但他的母亲既得不到印度社会的认可，也不被英国殖民团体所接受，连带也波及到自己，成长的过程中没少被欺负和排挤。原以为大不了关起门来过岁月静好的日子，哪知他的父亲意外身故，留在印度的家业虽然得以保留，但英国本土的资产却一分钱也拿不到。克拉克先生不服，远渡重洋到英国打官司，结果没有一位律师肯为他发声，因为"英印混血儿"本身就是尴尬的存在，英国压根儿就不承认他的公民身份。

"难道这种为难也表现在购买船票上？"柯克曼先生问。

"是的，即便我有足够的钱，也无法购买头等舱或二等舱船票，只被允许留在三等舱。"他答。

这样赤裸裸的歧视实在令人不适，除了表达同情外，柯克曼先生不知还能做些什么。

克拉克先生倒看得开，他说："这个世界本来就不公，有人聪明，自有人愚笨；有人貌美，自有人丑陋。我虽不满意，但比起真正的次等公民，我的处境已经好很多了。"

第十九章 / 乡巴佬

回去的路上，罗宾逊先生邀请柯克曼先生共进晚餐，结果被婉拒了，理由是柯克曼先生想先回房休息一下，罗宾逊先生遂问他住哪个房间？柯克曼先生很自然地答A11。

"A11是埃文斯夫妇的房间，你确定那是你的房号？"

面对罗宾逊先生的质问，柯克曼先生窘得说不出话来。

"如果我猜的没错，你应该是头等舱的客人，现在想回去自然没问题，有问题的是会不会给他人带来麻烦。这样吧！我让熟识的乘务员为你带路，只是'探险

活动'恐怕得到此为止。"罗宾逊先生说
。

后来柯克曼先生很顺利地回到自己的房
间，只是心里不甚舒坦，当时应该跟罗
宾逊先生说实话才是。

当日夜里，如同那名英印混血儿所言，
不仅狂风大作且暴雨如注，同时伴随电
闪雷鸣，把柯克曼先生吓得一夜未合
眼，还好隔天便万里无云、碧空如洗，
昨晚种种，反倒像做梦一般。

两天后，邮轮短暂停靠在马斯喀特港，
听说是为了给淡水舱添淡水，以确保日
常的饮水功能。续完水，邮轮继续前行
，并于三日后的下午驶进孟买港，柯克
曼先生碰巧目击卡芬地许先生下船的画
面，排场甚大，连船长也夹道欢送，看
来他父亲是船老板的传言不假。

不过六天半的工夫，邮轮就绕过南亚次
大陆的南端，抵达位于孟加拉湾的加尔
各答。当大船开进堤坝围起来的港池时
，风浪明显变小。在乘务员的指引下，
柯克曼先生坐上小船，驶向平直的岸壁
线，那里有数座麻竹做成的步桥，走过
步桥，便算踏上加尔各答的土地，而此
时的加尔各答港口热闹非常，在橙红色

夕阳的余晖照耀下，肉眼可见数艘蒸汽轮船和帆船来回穿梭，大大小小的渔船也陆续回港，很有默契地沿着岸壁一字排开……

海面生气蓬勃，岸边也不遑多让，工人们专注于装卸作业，渔夫则忙着将捕获的鱼虾归类，载货用的牛车和载客用的马车来来往往，人声鼎沸。

"先生，哪一辆是您的马车？"乘务员问，后面跟着提行李的搬运工。

"行李放地上即可，我的马车应该很快会到。"他答。

果不其然，一个瘦小的印度人没多久便向他走来，很不确定地一问："柯克曼先生？"

"是的。"

"我的主人让我来接您。"

"辛苦了，你叫什么名字？"

"我叫伊姆兰·可汗，但主人唤我费金。"

"什么？"

"费金。"

费金这个名字最早出现于爱尔兰语，后来与"乡巴佬"关联上，倘若不知情倒也罢，问题是柯克曼先生曾告诉强纳生有关这个名字所引起的笑话，如今儿子唤家仆"乡巴佬"，让柯克曼先生颇感不是滋味。

"伊姆兰，我儿子的住所远吗？"柯克曼先生坐进马车后，从窗口探出头问。

"远，待会儿马车会载您到火车站，大概还得坐十几个小时的火车才会抵达西里古里。"可汗先生想了一下，"如果路上不抛锚的话。"

"意思是我儿子住在西里古里？"

"不是，西里古里是大吉岭的最大城市。下了火车之后，还得搭另一列火车上山。您运气好，这列火车刚通车不到半年，换作从前，得徒步或骑驴上山，条件好点儿的才有轿子坐。"

此时，柯克曼先生脑海中有关儿子的住所已经从一个现代化建筑转变为屹立山中的破旧房子，同时不免心疼那些花出去的钱（头等舱的船票可不是一般的贵）。

"先生，您先在车厢里休息一下，我还得去接个人。"可汗先生忽然说。

这是一辆由两匹马拉的四轮箱型马车，车厢内很宽敞，坐下四个人完全没问题，可是可汗先生却不嫌麻烦地把旅行箱放在车顶上，而非车内，让柯克曼先生有些迷惑，如今终于解了谜团，原来还有其他乘客。

柯克曼先生百般无聊地等了约莫二十分钟，那名乘客才上车。

"是你！"他们二人同时喊出。

可汗先生遂问他俩是否认识？

"是的，"柯克曼先生首先承认，"这位是摄影师——罗宾逊先生。"

可汗先生说："那太好了，从这里到茶园得花一整天的工夫，有相识的人同行，起码不无聊。"

柯克曼先生心想原来儿子真的在茶园工作，下一秒很自然地问："茶园园主可好相处？"

"茶园园主正是令郎，"可汗先生颇为震惊，"他没告诉您吗？"

"没，他只说会给我一个惊喜。"柯克曼先生有些窘迫地答。

“这的确是个大惊喜，不是吗？”可汗先
生说。

“这的确是个大惊喜，不是吗？”可汗先
生说。

第二十章/开往西里古里的列车

柯克曼先生很难想象资质平庸且经常惹祸的儿子有一天竟然会成为高高在上的"土皇帝"（根据彭度先生的描述），与其说是惊喜，倒不如说是惊吓。

"原来你是我雇主的父亲。"罗宾逊先生说。

柯克曼先生一时没反应过来，遂问了一句："什么？"

"我的雇主是茶园园主，他雇我拍结婚照。"

"结婚照？谁结婚？"

"当然是令郎。"

这消息的震撼程度甚至超过上一条。

"不，你搞错了。"柯克曼先生答。

"不会错的，除非费金接错人。"

谈到费金（也就是伊姆兰·可汗），打从马车开始前进，他便不见踪影。柯克曼先生下意识寻找，最后发现他就挂在车厢外，脚踩着后车轮的轮把，这实在太危险了！

在柯克曼先生和罗宾逊先生的再三坚持下，可汗先生终于进到车厢内，但样子诚惶诚恐，反倒让人觉得这是一个过于草率且非必要的决定。

"伊姆兰，这里怎么这么多条牛？"柯克曼先生看着窗外问。

"我们认为牛是主神湿婆神的坐骑，是圣兽，不得宰杀。它同时也是大地的化身，既能耕作和运输，还能提供牛奶及粪便，是我们日常生活中不可或缺的伙伴，所以处处能见到它们的踪迹。"可汗先生答。

"我想柯克曼先生问的是在大街上闲荡的牛。"罗宾逊先生望向柯克曼先生，"对吧？！"

柯克曼先生点点头。

可汗先生遂解释那些都是年老体弱的牛。

柯克曼先生心想难道这就是圣兽的最终下场（任其自生自灭而不管不问）？但当窗外的景象越来越破败，居民的情况也不比"流浪牛"好太多时，柯克曼先生反倒庆幸自己没有说出不得体的话来。

约莫数十分钟后，马车抵达火车站。由于时间紧迫，可汗先生动作迅速地卸下车厢上的行李，三人匆匆忙忙地登上火车。

这辆开往西里古里的蒸汽火车与英国本土所见别无二致，柯克曼先生顿时安心不少（虽然他本人并不经常乘坐火车）。

等三人一坐下，车窗外瞬间涌上数名看起来不甚干净的印度人。

可汗先生说："时间晚了，离开这里到下一站，估计没吃的，你们想吃什么？我买。"

柯克曼先生此时最想吃的莫过于青豆汤加白面包，但他也知道这是奢求（至少当下无法实现）。

"我喜欢清淡点的。"柯克曼先生答。

"我不挑食。"罗宾逊先生答。

然后可汗先生将头伸出窗外与摊贩做交易，没多久，柯克曼先生和罗宾逊先生的手里都多出一个用绿叶包裹的东西和一杯卡其色茶水。

柯克曼先生没料到那么快就能喝上茶，颇为惊喜，只是这茶水不仅闻起来怪，喝起来也怪，还有，喝完茶，这杯子要如何归还？

可汗先生告诉他杯子扔窗外即可，不用归还，至于茶水怪，那是因为柯克曼先生第一次喝，难免不习惯，多喝几次就不那么怪了。

"这茶叫什么名字？"罗宾逊先生问可汗先生。

"马萨拉茶。它混合了多种药草和香料，再加入奶和茶叶，不仅解渴，还能治疗各种小病，是印度人最钟爱的饮品。"

"难怪你们爱喝。"柯克曼先生答，"在英国，喝茶的风气也很盛行，穷人喝茶梗或绿茶，条件好的喝红茶。"

可汗先生立刻补充说明："早期的马萨拉茶并不含茶叶，它是后期加入的，因为茶叶变得不值钱的缘故。"

不知怎的，"茶叶不值钱"从一个印度人口中说出显得滑稽，毕竟这玩意儿（尤指高档茶叶）在英国无比珍贵，算是奢侈品。

此时，罗宾逊先生解开手中的绿叶子（现在它看起来像个绿色盘子），上面堆着浅黄色的蛆状物，当中有若干切碎的蔬菜。可汗先生介绍这是Heal Muri，是将膨化后的大米与甜椒、辣椒、芥末、香料等一起翻炒而成。

罗宾逊先生随即抓饭吃，接着给出评价："味道不错，就是太辣了，柯克曼先生恐怕不会喜欢。"

柯克曼先生听完心头一紧，他吃不得辣，这下子恐怕要饿肚子了。结果一打开自己的绿叶子，发现里面躺着几个形状扭曲的饼干。

"这叫Murukku，是泰米尔地区的零食。"可汗先生再次主动介绍，"拿它当晚餐不合适，但其他食物都比较辛辣，我怕您吃不惯。"

"我没责怪你的意思。"柯克曼先生拿起饼干咬了一口，"这饼干挺好的，我能接受。"

见两位客人没有不满意，可汗先生终于可以放下心来吃东西。他为自己买的是土豆咖喱配大饼，一打开绿叶，咖喱的香味立即充满整个车厢，现在柯克曼先生终于知道这隐隐约约，令人作呕的怪味道来自何处了。

吃过晚餐，天已经完全暗下来，连带车厢内也一片漆黑，这时闭目休息正好，但火车轰隆隆的声音震耳欲聋，加上燃煤所产生的废气与乘客身上的汗臭味一混合，柯克曼先生头痛欲裂，根本无法入眠。反观罗宾逊先生和可汗先生，虽然看不清楚他们的面部表情，但微弱的打鼾声已经说明一切。

为了尽快进入睡眠状态，柯克曼先生开始天南地北地胡想，事实证明这方法奏效，就在半梦半醒间，他坠入时光隧道，回到过去……

强纳生出生前，柯克曼太太曾流掉两个孩子，可想而知，夫妇俩对这个得来不易的儿子有多宝贝（尤其医生宣布柯克曼太太的身体状况不允许，从此得封肚），所以当得知强纳生在学校被欺负时，柯克曼太太第一时间想讨回公道，却被柯克曼先生给阻止了。

"听着，妳可以帮强纳生一时，但帮不了一辈子，他该做的是保护好自己。"柯克曼先生说。

柯克曼太太觉得有理，于是把这件事全权交给丈夫处理。

当天吃过晚饭，柯克曼先生把儿子叫过去，下令他做个真正的男人。

"你的意思是打回去？"强纳生问。

"是的。"

"可是那帮人全比我高大。"

"你越不反抗，他们越会欺负你，所以你得证明自己不是懦夫，即便打不赢，也要他们付出代价。"

强纳生颇为讶异，自己的父亲一向循规蹈矩，连讲话都轻声细语，很难想象这样的人会允许（甚至说得上鼓励）他打架。

谈话过后的几个月，柯克曼先生和柯克曼太太没再听说儿子被欺负，反倒从老师和其他家长口中陆续得知强纳生成了欺负人的一方。

"强纳生，也许我的表述不对，导致你理解错误，现在我重说一遍——别人打你，你可以还手，但你不可以主动打人。"柯克曼先生对儿子说。

"为什么？"

"因为主动打人是不对的。"

强纳生听完轻蔑一笑，答："如果我强大了，别人连打我的心思都不敢有，岂不更好？"

见儿子的观念产生偏差，柯克曼先生急着去矫正，可惜收效甚微，直至某日下午，他终于意识到事情已经糟糕到无法挽回的地步。

"柯克曼先生，经过慎重考虑，校方决定开除强纳生，以儆效尤。"校长对他说。

"我儿子还躺在医院里，孰是孰非尚未有定论，这时候开除他很不合理。"

"强纳生殴打和恐吓学生已不是头一回，如今竟然升级到动刀的程度，不论这次他是否无辜，我校都不予接受，请另行择校就读。"

当柯克曼先生回到医院时，另一个噩耗传来，害他差点儿站不住。

"你的意思是强纳生从此不举，同时丧失生育能力？"柯克曼先生问医生。

"是的，我们尽力了，但神经血管受损严重，已经无法恢复原有的功能。"

柯克曼先生花了好几秒钟才回到该有的理智。

"强纳生知道吗？"他接着问。

"我告诉他了，他很沮丧。"

不止强纳生沮丧，柯克曼先生和柯克曼太太也同样沮丧，但生活还得继续，而且为了防止儿子有轻生的举动，这对夫妻不得不在接下来的日子里打起精神应对，结果实际情况与担忧的截然不同，强纳生只不过郁郁寡欢了数日，等能跑能跳后，他比"受伤前"更加活跃，三天两头闹事，对继续上学一事则嗤之以鼻。

见儿子已经放弃读书，柯克曼先生语重心长地对他说："强纳生，我和你妈现在不求别的，只求你能养活自己，同时别再惹事生非了。"

这是一个艰难的决定，柯克曼先生原本期望自己的儿子能当一名医生、律师或军官，与下层的体力劳动者分开来。

"行，只要满足我的要求即可。"他答。

强纳生的要求是搬出去住，同时学一门技术。

曼彻斯特的房租不便宜，学技术则代表有好长一段时间都不会有收入，但柯克曼夫妇还是咬牙答应了，只要儿子能过上自给自足的日子，一切的花销都是值得的。

后来强纳生成了采茶机的维修工，收入虽不丰，但起码能养活自己。至此，这对夫妻总算是苦尽甘来。今日，柯克曼先生忽闻强纳生成了茶园园主，同时即将大婚，他直觉不可能，自己的儿子既不懂茶叶也没定性，怎么可能经营茶园？再说，有哪个女人愿意守活寡？但怀疑归怀疑，柯克曼先生的内心其实也极其希望强纳生有朝一日能成家，甚至生下一儿半女。

第二十一章/印度归来

柯克曼先生被一股烟味给熏醒，一睁眼，晨光熹微。

"这么早就抽烟？"柯克曼先生问隔着走道坐着的可汗先生。

"什么？"

柯克曼先生不得不大点儿声，好盖过火车制造出来的噪音。

"忽然想抽，"可汗先生从口袋里掏出一个纸团，里面有几根皱巴巴的烟，"你也来一根？"

柯克曼先生虽然也犯烟瘾，但不想委屈自己抽劣质烟，所以婉拒了。

"还有多久到？"他问。

"久着呢！"可汗先生收起烟，"估计傍晚才会抵达西里古里，然后我们找家民宿住一晚，隔天一早再从新杰尔拜古里搭火车上山。"

柯克曼先生没料到还得在外住上一晚，心里犯起嘀咕。

"再怎么糟糕也不会让我们睡在一根绳子上，"罗宾逊先生忽然开口，"我猜应该不会。"

"我以为你尚在睡梦中。"柯克曼先生对他说。

"早醒了，但犯懒，所以闭目养神。"

既然罗宾逊先生已醒，可汗先生进一步追问"睡在一根绳子上"是什么意思？

罗宾逊先生答："这听起来也许有些奇怪，但如实存在——英国伦敦的穷人常常花两便士睡在地窖或地下室的庇护所内，他们将头或上身挂在绳子上，像晾衣服一样。"

"为什么不躺下？"可汗先生又问。

"因为躺下占用的面积大多了，两便士可没那个待遇。"

可汗先生又有疑问——何不睡在室外？

罗宾逊先生解释室外的确能躺下，但得防天气恶劣和被狼群攻击。

"狼？像伦敦那么先进的地方也会有狼？"可汗先生想了一下，"不，我的问题应该是像伦敦那么先进的地方怎么也会有那么穷的穷人？"

"费金，"罗宾逊先生说，"先进的地方照样有穷人和麻烦，好比落后的地方也会有富人和安逸。"

听此言，柯克曼先生忽然有个念头——也许罗宾逊先生并不清楚"费金"这个名字跟"乡巴佬"关联上，自己该不该提醒他？

"你说的没错，"可汗先生很快接话，"印度虽然普遍贫穷，但我的主人却过着肆意挥霍的生活，好比为了这次婚礼，他花重金请来外国厨师，还运来好几箱'印度归来'。"

因为"印度归来"这个词语实在太过新奇，可汗先生不得不加以说明（当然是转述），原来某个波尔多酒庄的老板很喜欢印度马，于是运送一批葡萄酒到印度去交换马匹，可惜交易没谈成，那批葡萄酒又原封不动地给运回来，结果老板惊奇地发现这批葡萄酒不仅没变味，反而出现不凡的风味。有人猜测那是途中的热带气温加速了葡萄酒的发酵，后来这种模式（把酒送到印度再运回来）渐渐流行起来，而经此处理过的酒都被打上"印度归来"的标签。

" 也就是说'印度归来'又再一次归来？ " 罗宾逊先生说。

可汗先生思考了一下才理解话中的幽默，回答："是的。"

"看来你不是费金。" 柯克曼先生冲口而出。

" 什么意思？ " 可汗先生问。

柯克曼先生的意思是他不是"乡巴佬"，所以听得懂罗宾逊先生的话中话，但此时此刻不能这么答，只好顾左右而言他，问下一站能否买到吃的？

"当然，而且选择性会比昨晚多很多。" 可汗先生答。

柯克曼先生喃喃道：" 那就好。"

第二十二章/晓以大义

坐长途火车并不总是令人愉悦，还好车窗外风景宜人，多少冲淡处在狭小空间里所产生的不舒适感。

如同可汗先生所说，火车停靠的几个站点都有小贩在车厢外叫卖，而且选择性真的比夜里多，但食物却没有变得可口，这让柯克曼先生颇为失望（打从抵达印度起，他就没能在饮食上取悦自己）。

当夕阳西下时，柯克曼先生直觉终点站应该不远，因为乘客开始骚动起来。

"终点站快到了。"可汗先生说。

"这就是西里古里？"罗宾逊先生看向窗外，"挺有特色的，待会儿我可以多拍几张照片。"

正是这几句话，害柯克曼先生和可汗先生担心了一整晚。

"怎么办？罗宾逊先生还是没回来。"可汗先生喃喃道，"天都亮了。"

虽然与罗宾逊先生相识不久，但柯克曼先生认为此人极其独立与成熟。换言之，他强大到足以保护好自己，除非遇到不可控的情况（这反而成为需要担忧的理由）。

"如果错过这班火车，下一次何时出发？"柯克曼先生问。

"不好说，这火车主要用来运输茶叶，回程再带上生活物资给山上居民，所以不是天天发车。"

柯克曼先生感觉不妙，这岂不意味着他还得待在这个简陋的泥房里（他一度怀疑它到底有没有遮风挡雨的作用）？

此时，院子里的牛只哞哞低鸣，紧接着传来稀稀嗖嗖的声音，像是有人朝他们走来。

"嗨！"罗宾逊先生掀开布帘，"太好了，你们还没走掉。"

柯克曼先生随即问他去了哪里？害他们担心一整夜！

"我想拍满天星斗，"他一拐一拐地走进来，"一个不小心掉进捕兽的陷阱里，今晨才被救起。"

柯克曼先生这时才注意到罗宾逊先生的额头、脸颊和手臂都有擦伤，脚可能伤得最重（否则不会行走困难），手里的相机反倒比他本人来得完整。

罗宾逊先生立即表示正是为了保护相机，他才跌得这么惨，不过三脚架算是泡汤了。

"没三脚架能拍吗？"柯克曼先生问。

"拍是能拍，但效果不好，看来我得亲手制作一个。"

"你会？"

"不会也得尝试一下，否则雇我的老板就不开心了。"

柯克曼先生下意识想说点儿什么，却发现什么也说不了，因为他不是雇用罗宾逊先生的那个人。

"我们得马上出发了，"可汗先生催促，
"离上山的火车站还有一段路要走。"

柯克曼先生和罗宾逊先生无异议，于是
可汗先生开始张罗交通工具——牛车
（根据可汗先生的说法，这附近没有马
车，得到市区才有）。

本来的打算是人与行李一起上，后来发
现牛车的速度实在太慢，柯克曼先生和
可汗先生只好跳下车，改为步行（罗宾
逊先生由于行动不便，继续留在车上）
。

清晨的漫步其实说得上惬意，朝阳才刚
刚升起，淡蓝的天空，柔软的云，凉爽
的风，远处的炊烟，衣履阑珊但看起来
友善的居民……这是一趟不一样的旅程，
像来到另一个世界。

"罗宾逊先生的脚需要看医生。"可汗先
生忽然对柯克曼先生说。

"是的，我也注意到了，他的脚踝肿得
像司康。"

"司康？"

柯克曼先生解释那是一种英国人常吃的
下午茶食物，不同于饼干，也不是蛋糕
或面包，味道可以是甜口，也可以是咸

口，颜色金黄，表面凹凸，看起来像一块三角形的小石头。

可汗先生听完哈哈大笑，他说柯克曼先生把一件极其简单的事说成了故事。

柯克曼先生想想也对，忍不住跟着笑。

又走了一段路，柯克曼先生才想起重要的事，问："山上可有医生？"

可汗先生回答有是有，但那是主人的私人医生，一般人不给治，看来罗宾逊先生只能自救，或求神，或依赖草药，像这里的人一样。

柯克曼先生心想那哪成？等他见到强纳生，一番晓以大义是免不了的。

第二十三章/伤情加重

远远的，柯克曼先生看到一条蜿蜒的轨道，由于过于狭窄，他一度联想到那是给马车走的（好比英国的有轨马车）。哪知脑海里刚产生这个念头，鸣笛声便由远及近，不多久，冒着黑烟的火车头便拖着几节车厢轰隆隆驶近，其宽度只及一般火车的一半，让人看了目瞪口呆。

可汗先生说鉴于车厢窄小（每排仅设双座，左右各一，中间走道只容侧身通过），乘客的随身行李不得不与其他杂物一起堆放在货车厢内。

柯克曼先生不免担心，旅行箱内有他买给儿子的礼物，其他能丢，这个不能丢！

当火车再度鸣笛，代表最后一段旅程即将开启。随着火车越爬越高，柯克曼先生终于理解当初设计"窄"火车的用心——山路陡峭，拐弯处又多，甚至会来上360度大回环，如果车体过大，很容易坠入山谷。

"伊姆兰，到山顶还要多久时间？"柯克曼先生问。

"您的意思是终点站古姆吧？！顺利的话，四个多小时就能到。"他答。

罗宾逊先生捉狭一问："如果不顺利呢？"

"那就不好说了，等上几天都有可能。还好现在不是雨季，暴雨引发的泥石流不致于发生，但谁知道呢？"

柯克曼先生万万没想到还有这层隐患，本来放松的心情忽然变得紧张起来。

"如果我是您，我会向雪山祈祷。"可汗先生对柯克曼先生说，大概也感受到他的心理变化。

"雪山？你指天边那条被雪覆盖的山脉？"

"正确地说，祈祷的对象是其中一座——卡拉萨山。相传印度教的主神湿婆神就

是在卡拉萨山修炼苦行，从而获得来自
远古的力量。"

柯克曼先生也是有信仰的人，他相信圣
父、圣子与圣灵，不像可汗先生所说的
"神话故事"那般邪乎。

"我会向上帝祈祷一路平安。"柯克曼先
生说。

"如果不麻烦的话，请顺便帮我祈祷。"
罗宾逊先生将裤脚拉高，查看伤处，"
好像更肿了。"

话说得没错，本来只有司康大小的肿块
，现在已经肿成半个罗宋包。

"你的脚需要看医生。"柯克曼先生对罗
宾逊先生说。

"我知道，希望山上有常驻医生。"

可汗先生重申有是有，但那是主人的私
人医生，一般人不给看。

"不用担心，"柯克曼先生赶紧接话，"
强纳生不致于如此小气。"

说这句话时，柯克曼先生其实没那么笃
定，但若不表态，显得不近人情。

"谢谢！你们一家都是好人。"罗宾逊先
生心怀感激地答。

第二十四章/难堪

也不知转了多少弯道，看过多少云海雾河，火车终于来到闹市（说是闹市，其实是与人迹罕至做对比），两旁开始出现房屋和摊位。当火车停下来时，乘客甚至可以通过窗口与车外的居民聊天或进行交易。

"这种'繁华'景象一直都有吗？"柯克曼先生转头问坐在后座的可汗先生。

"当然不是。"他答，"大吉岭原本是个荒无人烟的山城，后来成为英国人的避暑胜地，再后来，英国引进中国茶苗，由于气候合适，加上丰富的植被，茶园欣欣向荣。不过真正让它热闹起来是由于铁路开发，以前得花两天的工夫才能将茶叶运到山下，现在四个多小时就能到，如果刚好又衔接上开往加尔各答的火车，等于一天的时间就能把茶叶运上船，您说快不快？如此一来，订单自然增多；订单一多，茶园就需要更多人手，间接带动地方经济与繁荣。"

"我听说印度还有另一种茶叶叫阿萨姆。"罗宾逊先生说。

"是的，那是印度土生的品种，不是外来的。"

柯克曼先生感觉新奇，冲口而出："原来印度还有土生茶树。"

"先生，印度在历史上也有高光时刻，不是一直气数殆尽。"

想到可汗先生也许误会了，柯克曼先生赶紧澄清自己没有伤人的意思，请见谅！

"您言重了，"可汗先生坐直了身子，"像我这样身份卑微的人可承受不起，倘若让我的主人知道了，我可能会受鞭刑或被关进地牢里。"

柯克曼先生下意识看向罗宾逊先生，结果对方望向窗外，这种刻意的举止让柯克曼先生感觉无比难受（自己的儿子鱼肉百姓，有什么比这个更加难堪？）。

"我相信这其中一定有什么误会，不过我答应你不会把这件事告诉强纳生。"柯克曼先生说。

"太感谢了！我们全家都在茶园工作，实在惹不起呀！"

这是二度难堪，罗宾逊先生大概也注意到了，他开始转移话题，问："抵达古姆后，还需步行吗？"

"需要，主人只替柯克曼先生准备轿子，你和我都得步行。"可汗先生答。

第二十五章/希雅

轿子只有一顶，两根长竹竿夹着一张藤制座椅，椅背上还插了把伞。

柯克曼先生毫不犹豫就将轿子让给行动不便的罗宾逊先生，后者频频道谢。

听可汗先生说，茶园在两公里外，以正常人的步速，顶多一个小时就能到，但实际情况却非如此，因为路况不佳且提行李的脚夫只有两位，即使可汗先生搭把手，前进的速度依旧缓慢。

"法兰克，你还好吗？"坐在轿子上的罗宾逊先生转头问。

柯克曼先生回答很好，但其实不太妙，起初还能欣赏沿路的风景，现在则完全

不行，他感觉自己心跳加速且呼吸困难
。

当可汗先生喊着大帝茶园到了时，有些
力不从心的柯克曼先生还以为自己听错
了（大帝茶园？）。他抬头望去，一畦
畦的绿色茶田上方矗立着一幢黄墙绿顶
白烟囱的大房子。在英国，这样的大宅
邸只有庄园的主人才配拥有，他不免怀
疑是否阳光太过强烈，以致产生了幻觉
？

正想着，天地忽然开始旋转，当再有意
识时，柯克曼先生已经躺在柔软的床上
。

"你已经昏迷近一个小时。"一个戴眼镜
的中年男子对他说，"我是普尔医生，
你现在感觉如何？"

柯克曼先生试着爬起，结果脑袋轰了一
下，他随即又躺下，气若游丝地答："
我头痛欲裂。"

"这里海拔高，初来乍到的人很容易有
高原反应，这样吧！我开个罂粟丸给你
服用。"

"罂粟丸？这可是毒品？"

普尔医生解释罂粟丸是药丸，虽然原料同样来自草本植物——罂粟（与鸦片同源），医疗上却有镇定止痛的功效。

"我需要服用多久？"柯克曼先生问。

"先服用两、三天试试。"

"不会有副作用吧？！"

"不会。"普尔医生笑了，"你先休息一下，我去准备药丸。"

等人走后，柯克曼先生才想起罗宾逊先生的伤脚，但他一点儿也不着急，因为普尔医生说过他去准备药丸，应该很快会回来，届时再提醒他即可。

结果等着等着，柯克曼先生又坠入梦乡，再醒来时，他看到床边坐着一个相当肥胖的人。

"爹地，你怎么又睡着了？"那人问。

柯克曼先生猛然一惊，成年人很少像孩童一样喊自己的父亲"爹地"，莫非这真的是强纳生？

他快速坐起并且仔细端详，此人的脸颊像发过的面团，双下巴和大肚腩很明显，然而属于儿子的驼峰鼻没变，青少年时期打架所留下的疤痕也还在。

"你真的是强纳生，"柯克曼先生兴奋地拥抱他，"好久不见，你好吗？"

"很好。"强纳生拍拍父亲的后背，接着离开他的怀抱，"这一路可好？"

"非常好，我认识很多人，也见识到很多新事物。"

"那就好。"他看向普尔医生，"我父亲还需要多久时间才能恢复正常？"

"端看他的身体素质，素质若好，多喝水、多休息也能康复。"

"不，还是给他药丸吧！那个效果快。"

于是在医生的指导下，柯克曼先生服用了一颗褐色药丸，下一颗是睡前服用。

"爹地，今天事多，我得先去处理一下，晚餐我们一起吃。"强纳生指向站在房门边的女孩，"这是希雅，有什么事你让她做，别客气！"

儿子和医生走后，房间里只剩柯克曼先生和女孩，气氛有点儿僵，柯克曼先生决定打破僵局。

"妳叫希雅？"他问。

"我的名字叫沙雅，但主人叫我希雅，我便是希雅。"

"妳喜欢我叫妳希雅还是沙雅？"

"无所谓，没有喜欢或不喜欢。"

这个叫希雅（或者沙雅）的女孩穿着藏青色的棉布袍，头上缠着一块碎花布，脸很小，身材纤细，亚洲人脸孔，跟加尔各答所看到的人种有很大的区别。

"妳脖子上挂的是什么？"柯克曼先生接着问，继续为拉近彼此的距离做努力。

"项链。"

"我知道是项链，用什么做的？"

"石头……加工过的石头。"

"很漂亮。"

"漂亮？"希雅努努嘴，"您没看过更漂亮的，譬如九眼珠、珊瑚珠、绿松石、黄琥珀、蜜蜡珠、金包石、银包珠……等。"

柯克曼先生的确没看过，那些东西光听名称就知道所费不赀，在这个深山里，应该不会有人佩戴才是。

希雅回答虽然他们普遍贫穷，但习惯把钱花在购买饰物上，一来方便携带；二来保值；三来可以装饰。她是买不起，但不代表别人也买不起。

柯克曼先生想想也对，自己的确太武断
了。

"妳过来。"柯克曼先生对她说。

希雅脸色大变，但仍走过来。

"妳看起来很年轻，上过学吗？"他问。

"我已经23岁了，没上过学。"

"真的？我还以为妳顶多14岁。告诉我
，平常妳都做些什么？"

"主人让我做什么就做什么。"

"我指爱好，像是唱歌、跳舞或画画。"

"除了工作，没什么爱好。"

"家里还有什么人？"

"爷爷、奶奶、爸爸、妈妈、两个姐姐
、三个弟弟。"

"他们也在这里工作？"

"是的，他们在茶园里工作，只有我一
人在大屋里工作。"

"我第一次来，还没参观过大屋，妳能
当我的向导吗？"

"可以。"

于是柯克曼先生下床来。

第二十六章/大吐苦水

柯克曼先生的房间很大，带卫浴，有一个雕刻精美的衣柜和一张柔软的床，床正对着壁炉，壁炉上方挂着一幅色彩鲜艳的画，画里有荷花、山羊、孔雀和一个蓝皮肤的人……

"等等，"柯克曼先生叫住向外走去的希雅，"妳先给我讲讲这画里的人是谁？"

"那是印度教的主神毗湿奴。"

"为什么祂的皮肤是蓝色的？"

"我也不清楚，但神的肤色肯定不会跟凡人一样。"

"妳也信印度教？"

"不，我信上帝，主人说信上帝得永生
。"

柯克曼先生也是有信仰的人，但他不清
楚儿子何时皈依基督教，印象中他是个
无神论者。

"好了，我没问题了，请带路。"柯克曼
先生说。

结果希雅建议他不妨先看看房间外的景
象再走。

柯克曼先生想想也好，遂推开落地门走
到阳台，落入眼底的是山峦连绵、蓊郁
苍翠的优美景致。

"天哪！太惊艳了。"柯克曼先生忍不住
赞叹，"我真羡慕妳每天都能欣赏这无
敌的美景。"

"您看见眼皮底下的工人没？"希雅问，
"他们得工作到天全暗了下来才能收工
，而我和这里的女孩们也轻松不到哪里
去，所以除了主人和主人的客人外，不
会有谁会有那个时间和心情去欣赏美景
。"

柯克曼先生忽然心生厌恶，做伙计哪有
不辛苦的？如果不满意，大可离开，没
必要向外人大吐苦水。

"走吧！我想趁天黑前熟悉一下环境。"
柯克曼先生冷冷地说。

"走吧！我想趁天黑前熟悉一下环境。"
柯克曼先生冷冷地说。

第二十七章/赛加

当煤油灯一盏一盏地亮起时，柯克曼先生对儿子的家已经有了概括的认识——这是一栋半木半砖，再用柱子顶起的浮脚屋，占地面积约1/8英亩，底楼是会客区域，一楼才是居住空间。和其他热带地区的殖民地房屋一样，为了达到雨季排水和自然通风的效果，此屋设计了双斜坡的屋顶和宽敞的柱廊，而为了居家安全，四周砌起了高耸的围墙，形成一个封闭的空间，出入口有人24小时看守着。

"这宅邸里一共有多少人？"柯克曼先生问。

希雅想了想，答："提供饮食的有厨师、面包师、酒窖师；为交通、娱乐做服务的有轿夫、脚夫和乐手；为安全做保障的有门卫；为主人提供私密服务的有医生、房仆；其他还有随叫随到的使唤仆人，这么算起来，大概三、四十人。"

柯克曼先生心想这三、四十人光为强纳生一人忙碌，可真够奢侈！接着，他指着前方那栋灯火通明，人影憧憧的建筑物，问："靠近围墙的那栋屋子是做什么的？"

"那是次屋，底层是厨房，一楼是男仆宿舍。"希雅答。

"这里是男仆多还是女仆多？"

"男仆，因为仆人还得担起保护主人人身和财产安全的职责，男性在这方面比较占优势。"

"男仆有宿舍，那妳呢？妳住哪里？"

"我也住主屋，其他女孩也是。"

针对此点，柯克曼先生刚开始有些不理解，后来想通了，主屋有上下两层，房间数又多，如果分开来住，使唤起来多不方便。

此时，一个身穿红底印花棉布褂的女孩走过来，小声地对希雅说："主人让我过来请客人上桌。"

柯克曼先生忆起强纳生曾说过要与他一起共进晚餐，但仍不放心地询问女孩可有其他人在场？

"没有，普尔医生一向被安排晚点儿再用餐。"她答。

女孩说话时，柯克曼先生留意到她的衣着明显比希雅的花俏，还有，她戴着一条与她的身份地位极不相符的蓝宝石项链（反观希雅，戴的是加工过的石头）。

"很漂亮的项链。"柯克曼先生对女孩说。

"是的。"

"妳叫什么名字？"

"赛加。"

柯克曼先生很想再多问问有关这女孩的个人信息，碍于自己有更要紧的事要做，所以眼睁睁地看着赛加走了。

"赛加很漂亮，不像我这般丑。"希雅忽然说。

"没有的事，妳们二位都长得美，真要分出高下，我认为妳更胜一筹。"

叫赛加的女孩的确拥有姣好的面容，但不知怎的，形体消瘦到让人担心风一吹就会被吹跑了，脸色还蜡黄，反倒没有希雅来得大气。

然而希雅并不相信柯克曼先生所言，她进一步阐述："以前我认为长得丑是个咀咒，但来到大屋后，我反而庆幸自己长得丑。"

"什么意思？"

"您很快会发现答案，比从我这里得到要好些。"她停顿了一下，"时间晚了，让我带您至餐厅吧！"

"好的，不过我想先回房间拿样东西。"柯克曼先生答。

第二十八章/最纯真的人

为了应付旅途中可能会有的无聊时刻，柯克曼先生带了三本书随行，其实他还有第四本，只不过那不是为自己准备的，而是一份礼物，送给许久未见的儿子。

柯克曼先生很快就在旅行箱中找到那本书，它被一件暗红色的毛衣包裹着。在确认书本完好无损后，柯克曼先生带上它来到餐厅，原以为儿子已经在等他，结果里面空无一人，希雅说主人应该很快就到。"

"他在忙什么？"柯克曼先生问。

"不知道，总有事忙。"

柯克曼先生环顾四周，接着说："这餐厅好大！"

"是的，比山上教堂的内部还要大。"

"这里有教堂？"

"有的，听说主人还捐了不少钱。"

话甫歇，一阵急促的脚步声传来，一见，果然是强纳生，柯克曼先生立刻站起身来。

"爹地，"强纳生拍了拍父亲的肩膀，"你这老傢伙吃过药后有没有变得身强体健？"

"托你的福，身体好多了。"

这不是应酬话，自从吃过药丸后，柯克曼先生精神抖擞，像"起死回生"了一样。

"这是神仙药，多吃几颗，你会宛若少年。"

"那可不成，总归是毒品，怎能多吃？"

强纳生没接话，交待希雅上酒上菜。

倒完酒，菜也送到，父子俩开始把酒言欢，柯克曼先生把自己的近况和在船上的所见所闻娓娓道来；儿子强纳生也诉说这八年来发生的种种，原来因缘际会下，他被东印度公司派到大吉岭经营茶园，虽然他的大帝茶园在39个茶园当中的产量不算最高，却最受上级青睐，常作为示范茶园，负责接待来自各地的访客。

"为什么叫大帝茶园？"柯克曼先生问。

"历史上被冠以'大帝'的统治者皆为人中豪杰，所以我把茶园命名'大帝茶园'，一方面致敬，另一方面效法。你可别小看这茶园，虽不大，却是我的王国，而我就是王国里的大帝。"

柯克曼先生想起彭度先生说过的话（鸦片园和茶园园主都是土皇帝），看来儿子真的过上随心所欲的生活。

强纳生听闻后不免好奇，遂问这位彭度先生叫什么名？

"我一时想不起来，但记得他是鸦片园的督察员，也算是东印度公司的人。"

"那我知道了，他叫亚当·彭度，一个气量狭小，只会到处巴结和钻营的人。亏他得了个好工作，换在英国，指不定还在哪里行乞！"

柯克曼先生和彭度先生不熟，勉强算是点头之交，所以很难判断儿子的评价是否正确，不过有些人飘洋过海后的确混得风生水起，强纳生不也是？

脑海刚有这个想法，强纳生问他："你和妈大概没料到我这个废物也会有扬眉吐气的一天吧？！"

虽然现况出乎意料，但有哪对父母不希望自己的儿女功成名就？

"强纳生，你是否对我和你母亲有什么误解？"柯克曼先生反问。

"误解？"强纳生大笑两声，"我从来不误解别人，都是别人误解我。"

虽然柯克曼先生有一肚子的话要说，但见气氛不对，他决定先缓和一下紧张的局面。

"我记得你喜欢动物，所以一看到这本书，立刻联想到你，希望你会喜欢我带给你的礼物。"说完，柯克曼先生把书递上。

强纳生一看到书就头疼，心想怎么三十多年过去了，他的父亲依旧不懂他？

他随手翻了翻这本叫《四足野兽史》的书，里面的动物插画的确看起来栩栩如生，但更多的是文字介绍，一个差等生若看得懂那些结构复杂的长语句，那才叫奇怪！

"你从来没放弃过，是吗？"强纳生合上书问。

"放弃什么？"

"放弃改造我成为你希望的样子。"

柯克曼先生的确曾想过改造自己的儿子，但一次又一次的失败让他心灰意冷，到最后他只期望强纳生不出事就好。

"即使我曾有过这份心思，多年前也早已放弃了，见你如今发展得这么好，我真心替你高兴。"

听到这个，强纳生的嘴角露出难以言喻的笑容。

柯克曼先生等待儿子说些什么，结果没有，气氛再次跌至冰点。此时，柯克曼先生忽然忆起罗宾逊先生，想着若有外人在场，氛围应该会好一些，遂提议邀请摄影师一起用餐。

"一个跛脚摄影师休想让我再多花一卢比，我已经第一时间赶走他。"强纳生说。

柯克曼先生吓得瞠目结舌，儿子这个时间点赶人，连下山火车都没有，遑论一路都是崎岖的山路，月光又朦胧……

面对父亲的指责，强纳生冷哼一声后，答："你是我见过最纯真的人！摄影师连路都走不好，要如何完成任务？但凡你能狡猾、巧诈些，也不会数十年只守着一个书店。"

蒙特故勋爵也曾评价柯克曼先生是他见过最纯真的人，现在听起来更加逆耳，这是贬义的意思没错。

"纯真有什么不好？看看你，现在谁帮你……"柯克曼先生忽然住嘴，"是你拍结婚照吗？"

"当然，我既当新郎又当父亲，不值得拍照留念吗？"

柯克曼先生又惊又喜（原来这就是儿子给他的惊喜），他还以为柯克曼家注定绝后了呢！

"我可以见见新娘子吗？"柯克曼先生问。

"不急，这周末你就能在婚礼上见到她。"强纳生答。

第二十九章/邪恶之花

次日吃过早饭，普尔医生过来复诊，发现柯克曼先生已经无恙，遂把药丸放回缎面马甲的口袋内。

"这药丸是打哪儿来的？"柯克曼先生问。

结果普尔医生误会他的意思，回答："割开罂粟未成熟的蒴果，会有乳汁渗出，经干燥凝固，再加工制成。"

"你的意思是这里也种罂粟？"

"是的，花园里那些颜色或深或浅的花便是罂粟花。"

柯克曼先生喃喃道："看样子有高原反应的人不少，所以需要常备药丸。"

普尔医生解释罂粟对生长的环境有特殊要求，需要雨水少但土地湿润，日照长但不干燥，土壤养分充足且酸性小，另外，海拔高度最好在900米～1300米之间。换言之，这里太高，每年还有三个月的雨季，并不适合罂粟成长，最后能存活下来并且长出果实的不多，如此珍贵的药丸又怎能轻易予人？

"既然这样，药丸是为谁准备的？"柯克曼先生问。

普尔医生没有针对问题回答，而是表示这里偶尔有访客，但即使头疼得厉害，强纳生也只会让他们饮用罂粟壳煮开的水。

"那么……莫非……"

"无可奉告。"

柯克曼先生心领神会，这药丸是给强纳生准备的，没想到这孩子依旧不学好，柯克曼先生的心瞬间跌至谷底。

和儿子吃过午饭后，柯克曼先生原本想找机会核实，可是一直心不在焉的强纳生推说有事，很快便消失得无影无踪。此时的柯克曼先生有两个选择，一是回房重拾读到一半的《父与子》，二是四处逛逛。由于今早听说庭院里种了罂粟，他决定去看看罂粟花长什么样。

"先生，您在这里做什么？"希雅忽然现身问。

"我在欣赏花开。"

当柯克曼先生经过花园时，他特地驻足观赏，那些花或白、或红、或蓝、或紫，个个艳丽且香气扑鼻，如果不是提前被告知，柯克曼先生不会联想到这些就是传说中的邪恶之花——罂粟花。

"那些都是医生的宝贝，您可千万别碰。"

柯克曼先生当然知道个中缘由，但仍故意问："他要这些花做什么？"

"医生要的是果实，非花。"

"他要果实做什么？"

"您很快会发现答案，比从我这里得到要好些。"

同样的话，希雅已经说了两遍，她肯定隐瞒着什么，但柯克曼先生不想强迫她说。

"我能出外走走吗？我指的是离开宅子。"柯克曼先生问。

"当然，"希雅显得兴奋非常，"我带路，这样您就不会迷失方向。"

"当然，"希雅显得兴奋非常，"我带路，这样您就不会迷失方向。"

第三十章/万恶的资本家

柯克曼先生原本只想独自散步，没料到多了个人陪，还是个年轻女孩，所以很是欣喜，尤其希雅看着高冷却不寡言，她很积极地介绍周围环境和树种（包括白杨、白桦、橡树、榆树、常绿松以及种类繁多的兰花），两人的谈话算得上愉快，直至行经一处被铁网包围住的砖造建筑物，话题才严肃起来。

"那是什么？"柯克曼先生问。

"茶叶加工厂，"希雅答，"里面有揉捻机、干燥机、萎凋机、拣选机等。"

"怎么四周被铁网围住且大门紧闭？"

"大概害怕里面的人逃出来。"

柯克曼先生望向希雅，后者面无表情，难以判断她是否开玩笑。

"那岂非像坐牢一样？"他说。

"正是。"她答。

柯克曼先生二度望向希雅，后者依旧面无表情。

他们继续往前走，与此同时，柯克曼先生也竖起耳朵倾听，可惜除了风声萧萧，没有其他声音（好比机器运转的声音）。

"我是绒巴人，"希雅忽然开口，"父母说我们的祖辈最早住在锡金，后来才南移到大吉岭，过起半游牧半农业的生活。自从英国人来了之后，大量的土地被归划为茶园，我们也当起了工人，比起从前，生活要痛苦很多。"

痛苦？柯克曼先生以为应该是幸福很多才是，遂说："如果不愿意，大可离开。再说，以前你们过着四处迁徙的生活，如今安定下来，有了固定收入，不用看天吃饭，岂不更好？"

"现在兵荒马乱，想找个容身之处，谈何容易？还有，本来仗着人少，主人还会开出好条件留人，自从成功引进大量劳工后，情况反转了，原本的承诺烟消云散，不仅住房摇摇欲坠，连最基本的医疗也没有，每天过着吃不饱、饿不死的生活。"希雅叹了口气，"我们就像牲口一样任人摆布，你们口中所谓的恩赐，对我们而言是慢性毒药，却期待或认定我们会感恩一切，这就是差距！"

殖民统治乃大欺小、强欺弱，难免暴力血腥，柯克曼先生很清楚这一点。

"希雅，冒昧问一句——妳拿多少工资？"柯克曼先生问。

"一天1/4卢比，比漂亮女孩们赚的少多了，但我一点儿也不羡慕她们。"

柯克曼先生不清楚印度的币制，但听希雅的口气，1/4卢比应该不算多。

"妳已经数次提到美与丑，为什么？"柯克曼先生又问。

希雅欲言又止，最后指向远方，说："看！多美。"

放眼望去，远处是绵延不绝的大小山峰，近处则是高低起伏的绿色茶田，穿梭其间的采茶工们身着朴实的棉布袍，背后背了个茶筐子，双手正不停地采摘，动作迅速且娴熟……

这是柯克曼先生第一次近距离观察到采茶工，他们当中有男有女，有老有小，大部分是亚洲人脸孔，少部分肤白且浓眉大眼（但跟欧洲白人又有差距）。

"是很美，不仅风景美，人物也美，让我联想到《拾穗者》那幅画，都是勤勤恳恳工作的劳动者。"

"拾穗者？您能多讲讲那幅画吗？"

于是柯克曼先生描述了画的内容，包括背景、姿态、用色等。

"原来白人也有穷人，但肯定没我们过得苦。"希雅喃喃道。

柯克曼先生一听来气，答："听着，我在曼彻斯特开书店，给伙计的工资是一天两先令，以致他夜晚还得背冰块去，所以不是只有你们辛苦，谁的生活都不易！"

兴许话说得重了点儿，希雅听完后陷入沉默，柯克曼先生反倒觉得过意不去，正想着该如何化解时，她开口说道："在我看来，我的主人挥金如土，要什么有什么，还有大批人供他差遣，至少他的生活是容易的。"

希雅的主人正是柯克曼先生的儿子，这么说，无疑将强纳生归为万恶的资本家，柯克曼先生感觉难受极了。

"我无意冒犯，"希雅又说，"但我们的微薄工资几乎无法糊口，九成工人都出现营养不良的症状，且因居住环境糟糕，经常会腹泻和感染各种皮肤病。"

"我不明白妳为什么要告诉我这些？"

"您是主人的父亲，您的话，主人肯定会听，所以请把我们的苦处告诉他。"希雅忽然扑通跪下，"请原谅我如此迫切，因为听说您婚礼过后就会离开，我们又碰巧有单独说话的机会，所以……拜托了，一见到您，我就知道您是个好人。"

在希雅的家里，也许她父亲的话就是王命，但在柯克曼家，强纳生根本不受教，否则做父亲的他也不会时刻提心吊胆。

听完解释，希雅默默从地上爬起，神情很是萎靡。柯克曼先生又何尝不是？尤其回去的路上又不小心目睹尴尬场面，更是雪上加霜。

“采茶工的住处没有厕所，不管天气多么恶劣、时间多么晚、场合多么不恰当，都只能在茶园里解决。”希雅低下声，“男人还好，女人就不免难堪。”

第三十一章/漂亮女孩们

从茶园回来，柯克曼先生心事重重，以致向来睡眠质量很好的他，今晚失眠了。

在床上辗转反侧半宿，由于实在难熬，柯克曼先生从床上爬起，心想也许喝杯牛奶会好些。

牛奶在厨房里，柯克曼先生大可摇铃让仆人送过来，但横竖自己睡不着，所以决定亲力亲为。当他手持煤油灯，走在一楼的柱廊上时，一个房门忽然被打开。

"普尔医生？"柯克曼先生将煤油灯高高举起，好二度确认，"真的是你，原来你住这间。"

"不，这不是我的房间。"普尔医生答，样子有点儿窘迫。

柯克曼先生往洞开的房间望去，一名女性的身影一闪而过，普尔医生赶紧关上房门，同时急切地说："我发誓这是第一次，不会再有下次，请别告诉强纳生。"

柯克曼先生灵光一闪，顿时恼怒，这是犯罪！但再一想，指不定女孩是自愿的，孰是孰非尚不好说。

"我不会告诉强纳生，但请自重，淑女们……"

话未答完，普尔医生噗嗤一笑。

"你笑什么？"柯克曼先生挺不高兴地问。

"我笑你把解决男人生理需求的女人称为淑女。"

"你的意思是……莫非……莫非她就是强纳生即将迎娶的女人？"

普尔医生吓得面色铁青，强调绝无可能，因为新娘子正待在娘家，婚礼之前都不能露脸，否则会给婚姻带来不幸。

"那……"

“实话告诉你，强纳生有四个女人轮流陪他睡觉，其中之一近期怀上了。强纳生得知后非常开心，决定明媒正娶，倒是女方的态度不明朗，最后才答应下来。”

这下子柯克曼先生终于明白"漂亮女孩们"究竟是怎么回事，以及为什么希雅说她们赚的比她多。

这个惊人的发现让柯克曼先生郁结在心，连继续谈话的兴致也没有。

“夜深了，你还是回自己的房间吧！”他对普尔医生说。

“你呢？不睡？”

“本来想喝杯牛奶，现在不想了，我也回房睡觉去。”

回到房间的柯克曼先生更加睡不着，心里反复琢磨"漂亮女孩们"可是自愿的？如果非自愿，大可逃跑，为什么不呢？

就这么胡思乱想，直到清晨的曙光透了进来，柯克曼先生才短暂进入梦乡。

第三十二章/卡在喉咙里的鱼刺

柯克曼先生刚入睡就被撕心裂肺的喊叫声给吵醒。他披上晨褛，寻声过去，发现有几个人挤在某个房间门口，遂上前查看，结果差点儿被悬挂在门框上的结饰给打中额头。

"她怎么了？"柯克曼先生问离他最近的可汗先生。

"生病了。"

"生什么病？"

"不清楚，这里的女孩们偶尔会生病，发作起来好像被魔鬼附身。"

"那赶紧叫普尔医生过来！"

"还不到时候，等时候到了，医生自然会来，现在只能将她绑在床上，再让她咬住木头，免得自残。"

"自残？"

"是的。曾有个女孩犯病，拿头撞墙不说，还咬舌头，场面一度失控。"

柯克曼先生回头又望了一眼仍奋力挣扎的女孩，顿时心生不满，怎么普尔医生坐视不管？

"普尔医生住哪个房间？"柯克曼先生问，"我这就过去找他。"

可汗先生答医生不在房内，不久前刚见他出门。

既然普尔医生不在，柯克曼先生只能找强纳生，于是他回房换上合适的衣服，然后往餐厅走去。

根据这两天的观察，会在餐厅用餐的只有三个人，那就是强纳生、柯克曼先生和普尔医生，但普尔医生并不与强纳生一起吃饭（至少这段时间内没有）。

柯克曼先生等了好一会儿才等到打着哈欠进餐厅的儿子。

"有个女孩生病了。"柯克曼先生对儿子说。

"我知道，一大早就鬼哭狼嚎，十公里外都听得见。"

"普尔医生应该过去瞧瞧，听说他出门去了。"

"我也听说了。"

"你也听说了？"

"你刚告诉我的，不是吗？"

柯克曼先生无语了，这不是交流该有的样子，不过也怪他选择的时间和地点不对，强纳生明显对眼前的美食更感兴趣，专注地像在办一件重要的事。

"我记得你以前的食量不大。"柯克曼先生说。

"离开英国后，我才知道这个世界不是只有油炸鱼和削块土豆，你说我怎能错过舌尖上的美味？"

柯克曼先生曾在一本书上看过这样的言论——吸毒者往往食欲不振，所以骨瘦如柴。对照强纳生目前肥胖的身躯和胃口大开的样子，似乎并不符合，这下子柯克曼先生迷糊了，莫非他的猜测是错误的？

"我能理解你为什么放纵口欲，因为你有个好厨子。"柯克曼先生说。

"你说中一半，我的厨子虽然亚洲菜做得不错，但西餐只能算一般，所以为了这次婚礼，我特地请来法国厨师，原来的厨子刚好可以见习一下，毕竟外聘的厨师要价太高且不愿久留，婚礼过后就得离开。"

柯克曼先生猛然想起可汗先生的确提过此事，怎么他忘得一干二净？看来自己的记忆力大不如前。

"明天就是你大喜的日子，"柯克曼先生另启一个话题，"女方的亲戚多吗？"

"多，这里的女人哪个不多产？亲戚当然多，但对方的舅舅不答应这门亲事，所以参加婚礼的人估计只有寥寥数个。这倒好，我也不想和那些人有过多的交集，反正结婚只是走个形式，最主要是告诉我的朋友和商业伙伴——我结婚了，要当爸爸了！"

"当爸爸"这个词语像根鱼刺卡在柯克曼先生的喉咙里，但他没有拔出来，而是选择隐忍（医生不是圣人，也会诊断错误，何况这时候提出质疑只会让即将结婚的儿子不开心，却什么也改变不了，那又何必提？）。

第三十三章/奇怪的赛加

下午，柯克曼先生坐在阳台的藤椅上边抽烟斗边阅读，屋外忽然传来嘈杂声。一开始，他不以为意，直到声音蔓延到他的房门外，并且清晰到仿佛与自己对话，他才开门一探究竟。

"赛加，"柯克曼先生喊住落在人群后面的女孩，"那些都是什么人？"

"他们是来参加婚礼的客人。"

柯克曼先生想起上山的火车不是天天有，极可能这些人都集中在同一天上车。

"房间够住吗？"他又问。

"够，女人们全搬出来，住进庭院的帐篷内。"

这里的庭院够大，起码有半英亩，即使搭上几个帐篷也不会影响进出。

"普尔医生回来了吗？"柯克曼先生三问。

"为……为什么您问我这个？"

"没什么，忽然想到。"

"我不清楚，别问我。"

由于赛加的眼神飘忽，柯克曼先生不免怀疑昨晚普尔医生找的可是她？

"没事了，妳忙妳的。"

柯克曼先生话一说完，赛加快步离开，一刻也没停留。

第三十四章/送给库拉的礼物

柯克曼先生着装完毕，可汗先生刚好来敲门。

"先生，晚宴即将开始。"他说。

这大概就是结婚前的派对吧！想当年，柯克曼先生也曾在结婚前夕被几名男性友人拉到酒吧喝得酩酊大醉，害他隔天差点儿起不来，这提醒他待会儿得留意儿子的酒量，别让他重蹈覆辙……

"知道了，我马上过去。"柯克曼先生答。

"您……"可汗先生又开口，"您……能不能……"

见可汗先生欲言又止，柯克曼先生要他别害怕，只管说。

"那我说了。"可汗先生深吸一口气，"新娘子是锡金人，按照传统，从订婚到结婚长达三年。由于新娘已怀孕，加上新郎是外国人，不得不做出改变，将订婚和结婚合并为同一天，但主人连婚礼当天该有的仪式都没准备，我怕……怕……"

"都有哪些仪式？"柯克曼先生问。

"本来的仪式很繁琐，现在女方只要求新娘来到男方家时，有人向她献上一个盛满白面粉和奶酪的盘子以及一条丝围巾，然后由喇嘛为她诵经驱邪，请求神灵保佑。"

这个要求不过分，柯克曼先生遂代儿子答应下来。

"那太好了！我会着手准备，这下子库拉及其家人在族人面前也不致于太抬不起头来。"可汗先生答。

柯克曼先生没替儿媳妇准备礼物，心想就把这个当成礼物送给她吧！即使儿子不高兴，看在父亲的面子上，应该也不好发作才是。

第三十五章/彻夜难眠

当天的晚宴非常热闹，鼓乐齐鸣、座无虚席，客人当中有东印度公司的管理层、英国驻印官员和几个包头巾，看起来非富即贵的印度人。不过说到印象深刻，那非正在拍照的摄影师不可，柯克曼先生的儿子能在那么短的时间内就找到取代罗宾逊先生的人，动作不可谓不快。

席间，有人问起婚礼将采用何种形式？有没有什么禁忌？

"我办的婚礼，当然听我的，没什么禁忌，只要别让我不开心即可。"强纳生答。

"新娘会穿白纱吗？"有人又问。

"呵呵！我也很好奇丈母娘会给我的娃娃新娘穿上什么衣服。"

既然开了头，众人接二连三地询问有关新娘种种，包括血统和嫁妆问题等，似乎只有柯克曼先生留意到"娃娃新娘"这个词语所带来的不安。

"看来你们对我的新娘很好奇，好吧！我一次说清楚。我的新娘叫库拉，姓什么我忘了，是哪个民族我也没搞明白，反正是土着、锡金人、孟加拉人、比哈尔人、菩提亚人、藏人之中的一个。至于嫁妆，我不在乎，随意就好，倒是我曾依据要求，给了对方几个卢比、一截竹筒酒和一条白丝巾当聘礼。"

"那你岂不是白得一位夫人？"一个眼大如牛的男人乐呵呵地说。

"此言差矣，应该是她白得了一个白人丈夫和优渥的生活，再幸运不过！"

接着，话题转到各地的结婚风俗，其中一人提到某地的习俗是女方亲属拿荆棘抽打新郎，越狠越好，寓意是将来新人的子女会身强体健……

"谁敢打我试试，我绝对让他惨死！"强纳生将酒杯里的酒一饮而尽，"这就是我坚持用自己的方式结婚的原因，那些未开化的野蛮人，什么稀奇古怪的事都想得出来，我才不跟着起舞！"

第三十六章/基督教婚礼

柯克曼先生曾试图让儿子在晚宴上少喝点儿，但他完全听不进去，一杯接着一杯喝，以致回房睡觉还得几名壮汉搀扶着。

次日一早，诺大的餐厅里只有柯克曼先生独自一人，显然，他儿子和其他客人都尚未酒醒。

吃完早餐，柯克曼先生回到一楼，从柱廊往外看去，远处是被云雾笼罩的山峰，近处则芳草青碧、翠林如海，好一幅美丽的山野风光！

"先生。"

听到声音，柯克曼先生转过头去，原来是希雅。

"有事吗？"他问。

"主人交待11点钟以前得布置好婚礼现场，但他还在睡觉，其他客人也是，我不知道何时开始布置。"

"婚礼在餐厅举行吗？"

"是的，本来在教堂，后来又改在家里，我猜牧师正在赶来的路上。"

教堂和牧师？柯克曼先生心想莫非儿子要举行基督教仪式的婚礼？如果真是那样，新郎不得早早起床梳洗打扮？

"希雅，妳现在就着手布置，如有客人想吃早餐，直接将食物送进他们的房内就是。"说完，柯克曼先生往儿子的房间走去。

第三十七章/新娘子到了

在父亲的催促下，强纳生终于起床梳洗。趁着这个当口，柯克曼先生步出房外，恰巧迎上一位"漂亮女孩"。

"先生，费金在找您。"她说。

费金正是可汗先生。

"他找我有什么事？"柯克曼先生问，同时关上房门。

"我不清楚，但他看起来很着急的样子。"

女孩子说话的同时，柯克曼先生注意到她的脖子上戴着红宝石项链。

"很漂亮的项链。"柯克曼先生说。

"漂亮吗？我不觉得，像安在牛脖子上的牛轭，奇丑无比。"

"如果不喜欢，大可摘了。"

"您看过牛摘下自己的牛轭吗？"她叹了一口气，"这是命，一辈子也摆脱不了。"

柯克曼先生记得赛加也戴宝石项链（只是颜色是蓝的），她倒没像眼前的女孩一样抱怨。

"先生，费金在找您。"女孩再次提醒。

"对，他在找我，我这就过去。"

柯克曼先生走了几步，背后传来开门的声音。他一个转身，恰好捕捉到女孩走进儿子房间的画面，顿时让人浮想联翩。

只一会儿的工夫，柯克曼先生便选择默默走开（今天是强纳生大喜的日子，他不想节外生枝，何况那女孩有可能是房仆，也就是侍候主人更衣、洗漱的仆人）。

一下到底楼，柯克曼先生就看到可汗先生。

"感谢神！您总算来了。"可汗先生喊着
。

"什么事这么着急？"

"新娘子到了。"

"这么快？"

"不快，时间上刚刚好。"

于是柯克曼先生跟随可汗先生的脚步前
行。

第三十八章/闹剧

柯克曼先生站在主屋门口，脚底下是一条长长的红地毯，一直延伸到围墙大门，隐约可见彼端站着十几个人，皆做盛装打扮。

可汗先生把一个盛满白面粉和奶酪的盘子以及一条丝质长围巾交给他，说："您走过去，把东西交给新娘子。"

"只要交给她，不用说话？"柯克曼先生问。

"不用。交给她之后，喇嘛会为她诵经驱邪，请求神灵保佑，您只需在旁聆听。"

这听起来很简单，于是柯克曼先生踩着红地毯走过去，可是越靠近，越心惊，

那个站在正中央，身着红袍，披着金色
披肩，头发被编成一缕缕小辫子，脖子
上还戴着五颜六色珠子的"小"女人，可
是他的儿媳妇？

本来柯克曼先生还心存幻想（也许新娘
子只是个头矮小），但当距离近在咫尺
时，他的幻想破灭了，这分明就是个孩
子！

柯克曼先生望向可汗先生，希望他能给
个解释（好比这是新娘的妹妹），但他
只是用肢体语言催促柯克曼先生把东西
交出去。

事已至此，柯克曼先生只能把盘子呈上
，当那个"孩子"收下时，他感到心碎。

"还有丝围巾，您只需挂上。"可汗先
生小声提醒。

柯克曼先生不明白"挂上"是什么意思，
但又不好询问（那显得自己愚蠢）。关
键时刻，新娘子低下头来，柯克曼先生
便顺势将丝围巾"挂上"，就像挂一幅画
在墙上挂勾一样。

做完这个动作，身穿红色袈裟，头戴黄
色僧帽的喇嘛开始念经。念的什么？柯
克曼先生自然不懂，但氛围感人，像在
进行一种庄严的仪式……

"滚！"

听到吼叫声，柯克曼先生转过头去，看见儿子怒气冲冲地走来，他不寒而栗。

"这是做什么？"穿着礼服的强纳生质问父亲。

柯克曼先生下意识寻找可汗先生，结果看到一个奔跑而去的背影。

少了"解说员"，柯克曼先生只能硬着头皮解释："女方家有自己的结婚仪式，我配合一下。"

"你配合什么？是你结婚还是我结婚？"

柯克曼先生被问得哑口无言。

强纳生向自己的父亲炮轰完毕，转向亲家，态度没有变好，反而更差。柯克曼先生正想缓和一下场面，结果下一秒强纳生像疯了一样，一把将新娘子脖子上的项链扯下，大大小小的珠子因此散落一地。

"强纳生，有话好好说。"柯克曼先生手足无措地劝着。

"没什么好说的，这群人把我送的宝石项链换成一串破珠子，真是想钱想疯了！"

"主人，"一旁的希雅开口了，"那些都是昂贵的好东西，不是破珠子。"

"好东西？"强纳生随即把怒气洒向希雅，"妳倒是说说他们哪来的钱购买？如果我猜的没错，那条黄宝石项链的买主现在正在月亮之上。"

"在月亮之上"的寓意是快乐得不得了，但此时此刻无人想深究，因为强纳生已经开始动手拉新娘。显然，女方家人并不高兴这种野蛮行为，一个穿着宽袍大袖的男人出面制止，结果反被强纳生一拳打倒，场面一度混乱，最后以"强欺弱"（强纳生的众家仆联合起来将女方家人赶出宅邸）结束。

在柯克曼先生看来，这场闹剧原本可以避免，不明白儿子为何要把事情搞得一团糟？

"进去吧！这不是您的错。"希雅说。

不论希雅是否出于安慰，柯克曼先生认为自己肯定是有错的，如果家庭教育得当，又怎会养出一个脾气暴躁的人？不过有件事希雅倒是说对了，他总不能一直杵在这里，再说，总归是儿子的婚礼，他这个唯一的男方家属总得参与，于是他转身进屋去。

第三十九章/可怜的库拉

柯克曼先生没见过这么尴尬的婚礼——新郎穿着正式的黑色燕尾服，身材肥胖，年纪已有三十多；反观新娘，她身着带有异域风情的传统服饰，体形偏瘦小，年纪看着顶多十一、二岁（若拿动物当比喻，一个是体型庞大的成年黑熊，另一个则是色彩斑斓的幼雏）。

牧师大概也被这极不对称的组合给惊吓到，念起誓词来结结巴巴的，尤其女孩还哭个不停，很难让人不联想到这是一桩有隐情的婚姻。

柯克曼先生心中默祷这场可笑的婚礼能快点儿"圆满"结束，即使做做样子也好，哪知到了交换戒指的环节还是出了差错——新娘子不配合，导致强纳生的忍耐达到极限，他自己戴上戒指不说，还强行将另一枚戒指戴进女方的无名指上，然后径自宣布婚礼结束，让在场的牧师和观礼者面面相觑。

当家仆开始上酒上菜时，消失了数十分钟的强纳生才出现，但新娘子依然不见踪影（也许正躲在某个角落继续哭泣）。柯克曼先生虽同情女方的遭遇，但也爱莫能助，自己的儿子一意孤行且性如烈火，这时候冷处理未必是件坏事。

"可怜的库拉！"柯克曼先生心想。

第四十章/大事不妙

这场婚宴从中午吃到天黑，一共上了16道菜和8款酒（当然包括"印度归来"），让柯克曼先生见识到法国名厨的厨艺与美酒的魅力，尤其那道里昂血鸭，不仅香味浓郁且味道一绝，让人啧啧称奇。

"这是一道诺曼底名菜，"与柯克曼先生同桌的詹姆斯将军说，"做法有些残忍，是将未成年的鸭仔活活掐死，经烤制后把鸭血榨出，加入波尔多红酒、波特酒、干邑、鸭肝、小牛肉高汤等一同熬煮，做成的酱汁最后再淋回到鸭肉上。"

柯克曼先生心想这么大费周章，难怪能唇齿留香。

当众人觥筹交错、大快朵颐时，没人留意到柯克曼先生从餐桌上拿走热鹌鹑肉酱馅饼，并且悄悄地离席了。

"给库拉吃，"柯克曼先生把藏着的食物交给工作中的希雅，"她怀着身孕，饿肚子不好。"

后来又上了一道烤芦笋，看着新鲜，柯克曼先生再一次找到希雅。

"您这是白费力气，库拉连方才的馅饼都不吃，只是不停地哭。"希雅说。

柯克曼先生听了难过，原本该是大喜的日子，新娘却如此悲伤，这如何是好？

希雅要他不用过度操心，这里的女人结婚都得哭，这是一种习俗，只不过库拉是真的该哭，她自己还是个孩子，却被迫当起妈妈。

"告诉我，库拉几岁？"柯克曼先生问。

"13。"

柯克曼先生忍不住叹息，真是造孽！

"普尔医生很喜欢库拉，"希雅忽然说，"他是去年来的，用来接替'不喜欢漂亮女孩们'的布朗医生。"

"不喜欢漂亮女孩们？为什么？"

"不晓得。"

"妳为什么要告诉我这个？"

"我以为您想知道。"

柯克曼先生根本不想听这些闲言碎语，不过倘若有男人能离这些少女远一点儿，倒不失为好事一件，强纳生真不该让布朗医生走！

"既然库拉不吃，"柯克曼先生看着手中用餐巾包裹的烤芦笋，"妳吃吗？"

"我看我还是不吃为妥，如果被主人知道了，我会受罚，像费金一样。"

"像费金一样？什么意思？"

"今早他为库拉所做的一切，主人已经知道，现在他被关在地牢里。"

柯克曼先生大呼不妙，转身回到餐厅。

第四十一章/剑走偏锋

柯克曼先生回到婚宴上，可是怎么也找不到与儿子单独讲话的机会。他想了想，还是等到明天再说吧！

当婚宴结束后，大部分人已醉得东倒西歪，甚至开始胡言乱语，柯克曼先生算是少数几个可以自己走回房间的人。

夜里，怀着心事入眠的柯克曼先生一个翻身，忽然感觉不对劲，一睁眼，朦胧的月光下有个模模糊糊的人影站在床尾。

"谁？"他猛然坐起问。

"是我，希雅。"

原来是希雅，柯克曼先生大松一口气，接着问她有什么事？

"库拉一直哭。"

"已经哭了大半天了，她是不是身体有哪里不舒服？"

"不知道。"

"普尔医生呢？"

希雅还是答不知道，这让他想起自己已有两天未见到普尔医生了。

"妳大半夜来找我，肯定是紧急的，但我很怀疑自己能做些什么？"柯克曼先生说。

"库拉想见您。"

这个答案让柯克曼先生很是惊讶，虽然库拉是他的儿媳妇，但今天才打过照面，彼此甚至未说过话。

"她找我做什么？"

"不知道。"

柯克曼先生想了一下，儿媳妇这个时间点找他，事情肯定迫在眉睫，遂问人在哪里？

"当然在主人房里，不过您放心，主人已经睡死了，就算有人在他耳边大声歌唱，他也感觉不到。"

至此，柯克曼先生的担忧解除了，他决定拿上煤油灯去看看库拉，结果手一碰触到门把，他忽然忆起自己向来有锁门的习惯，既然门已锁上，希雅又是如何进来的？

"希雅，"柯克曼先生一个转身，"妳……"

结果一块布快速捂住他的口鼻，柯克曼先生稍微挣扎一下便失去知觉，当他再度睁眼时，发现自己躺在一张简易的床上，墙是泥巴糊的，屋外鸡鸣鸭叫，眼前还蚊蝇乱飞。

柯克曼先生用力挥开那些恼人的飞虫，同时坐起。有好几秒钟，他以为自己尚在睡梦中，直到周围的影象和声音真实得不能再真实，他才被迫接受这不是梦境。

"希雅！"柯克曼先生喊着。

无人回应，他又喊了一声，结果依旧，于是他站起身去推那扇看起来很不牢固的木门，这次总算有了回应。

"别推了，这里有人看守，再推，我只能把你绑起来。"

"希雅呢？"柯克曼先生隔着木门问，"我要跟她讲话。"

"她正跟你儿子讲话，如果顺利的话，你很快就能离开这里。"

"如果不顺利呢？"

"你最好祈祷顺利，因为我们还没想到那一步，也不知道该拿你怎么办。"

柯克曼先生忽然灵光一闪，原来自己被绑架了，这是为什么？

不过几分钟的时间，柯克曼先生便梳理了大概——希雅曾请求自己向儿子施压，好达到改善目前处境的目的，但事与愿违，于是剑走偏锋，打算通过绑架让强纳生做出改变。

柯克曼先生心想果真如此，未免也太天真了！依据他的了解，强纳生不可能那么容易就屈服，何况现在宅子里有众多宾客，都是一些有头有脸的人，希雅这么做，无异与巨人决斗！

"哎呀！我真傻，"柯克曼先生忽然心领神会，"希雅和她的同伙选择这个时间点无非是向旁人揭发真相，同时让他们做见证，否则事过境迁，强纳生若反悔，又该如何？"

这个发现让柯克曼先生很是焦虑，他既希望弱势族群能摆脱困境，又期望自己的儿子能全身而退，至于他本人的安危，柯克曼先生反倒不担心（通过这几天的相处，他感觉希雅并不是坏人，而且看管他的人也说他们还没想到最坏的情况下该怎么处置他，可见并没有杀人的预谋）。

柯克曼先生就在这狭小且闷热的泥房子里从白天等到日落，时间长得超出他的预期，他原以为顶多几个小时就能重获自由。当屋外男人第二次开门递上食物时，柯克曼先生逮住机会询问进展。

"别问我，我也不清楚。"他停顿了一下，"如果换成我是你儿子，什么条件都会答应，哪怕失去所有。"

这个答案让柯克曼先生心碎。是呀！如果强纳生心中有他，又怎会迟迟不满足"绑匪"的要求？换言之，他的儿子并不在乎他，这才是根本原因，也是最伤人之处。

柯克曼先生想起过去为了儿子操过多少心，即使处境艰难，也竭尽可能地帮助到他，结果倒头来是这个结局，真是不胜唏嘘！

当天色整个暗下来时，柯克曼先生对"今天被解救"已经不抱任何希望。他静静地躺在床上，期待自己能够早点儿入睡，这样时间会过得快一点儿，同时离他返回英国的日子也更近一些。

迷迷糊糊之中，柯克曼先生坠入梦乡，可是很快被吵醒，他以为天亮了，但没有，四周仍是漆黑一片。

"还不快开门？！"一个人粗鲁地喊道。

然后柯克曼先生听到金属碰撞的声音，接着门开了，就着月光，他认出此人是强纳生的门卫。

"先生，您还好吧？！"对方问。

"我很好。"

"您安全了，让我护送您回去。"

"好的，谢谢！"

回去的路上，柯克曼先生的内心无比欣喜，他的儿子并没有放弃他，有什么比这个更值得庆幸与感恩？

第四十二章/回老家的希雅和普尔医生

想象中的感人一幕并没有发生，强纳生甚至没问候历劫归来的父亲一句，只是不停地抱怨他对待仆人有多好，结果却被恩将仇报。

"希雅呢？"柯克曼先生问。

"回老家了。"

"回老家？为什么？"

"拿到钱了，笨蛋才不回老家。"

柯克曼先生直觉不对，希雅想要的是替自己和其他员工改善居住环境和获得医疗服务，同时提高过低的薪酬，如真只为自己着想，那么他对她的观感将有180度的转变。

"你给了她多少钱？"柯克曼先生接着问。

强纳生很不耐烦地答："为了解救你，我已经忙了一整天，能不能让我休息一下，睡个好觉？"

柯克曼先生只得同意，毕竟夜已深了。

次日吃过早餐，来参加婚礼的宾客陆续离开，庭院里的帐篷也收起，仆人们又像往常一样忙碌，貌似一切已回归正轨，可是柯克曼先生还是察觉不对劲，一来宾客似乎没有意识到他曾经被绑架，连问候一声也无；二来宅邸里出现了几张生面孔，与此同时，另有几张熟面孔却消失了，而能见着的"老"员工们好似都变得冷漠，连眼神交会也没有。

"赛加，"柯克曼先生喊住刚好从他房门前走过的女孩，"普尔医生呢？"

"为……为什么您问我这个？"

"没什么，忽然想到。"

"我不清楚，别问我。"

与前几天的眼神飘忽不一样，这次赛加的表情无比惊恐，柯克曼先生不免起疑，莫非……

"没事了，妳忙妳的。"

赛加一走，柯克曼先生开始寻找儿子的踪迹，最后在离主屋不远的地方找到，他正居高临下地看着底下的茶园。

"强纳生，"柯克曼先生走了过去，"你在这儿做什么？"

"我在俯看我的王国。瞧！那些都是我的子民，正为我辛苦地工作，好让我的生活过得安逸。"

"那么你是否该对他们好一些？"

"我对他们哪里不好了？"强纳生扬起声，面容狰狞，"老傢伙，你别被希雅给带偏了。"

柯克曼先生很不明白为什么自己温和有礼，生的儿子却暴躁粗鲁，而且似乎很享受虐人的快感。

"说到希雅，她真的回老家了吗？"他问。

"当然，我总不致于杀了她吧？！"

柯克曼先生原本没往那里想，听儿子这么一答，他反倒担心起来。

虽然心中忐忑，但柯克曼先生没有纠着希雅的话题不放，而是改问儿媳妇，因为婚礼当天她曾哭个不停，他担心她也许哪里不舒服。

"库拉身体不舒服又不是最近的事，等新医生一到，应该会改善一些。"

"新医生？原来的普尔医生呢？"

"他也回老家了，所以我才又雇了迪克森医生。"

柯克曼先生不相信会有这么巧的事，即使真回老家，那也是被迫的。

"普尔医生犯了什么错，以致丢了工作？"柯克曼先生挑明了问。

"他的确犯了错误，最大的错误便是患有色盲，这是一种家族遗传性疾病，如果早知道，我绝对不会雇用他。"

柯克曼先生很不解，即使普尔医生有色盲，那也是他个人的问题，应该不妨碍行医才是。

强纳生表示的确不妨碍，但他要的可不只是个私人医生而已，如果此人达不到他的附加要求，那就没必要继续，毕竟钱不是长在树上，尤其他给的薪水很丰厚，比别的地方高出许多……

话正说着，有个男仆走过来，告诉强纳生轿子已备妥。

"你要外出？"柯克曼先生问儿子。

"是的，茶叶加工厂有些事情需要处理一下。"

柯克曼先生想起几天前和希雅散步时经过的砖造建筑物，于是问了句："为什么茶叶加工厂要用铁网包围住？"

"你今天的问题可真他妈的多，"强纳生皱了皱眉头，"等我回来再说吧！"

儿子一走，柯克曼先生忽然听见有人唤他，声音很微弱。他寻声过去，发现竟然是可汗先生，他处在一个约三米的深坑里。

柯克曼先生蹲下身，隔着铁丝网问："你怎么在这里？"

"主人生气我替库拉所做的一切，所以把我关在这里。"

"我能为你做些什么吗？譬如水或食物。"

"不需要，我还行。"他停顿了一下，接着深吸一口气，"先生，有人告诉我——您被绑架了。虽然我很理解和同情希雅，但我没有参与绑架，如果主人怀疑到我身上，拜托请为我求情，您知道我还有一家老小需要照顾，不能死呀！"

"你的意思是……希雅死了？"

"我不知道，这里有人一夜之间就不知去向，难免不让人联想到最坏的状况。"

柯克曼先生想了想，问普尔医生住哪个房间？

"您为什么问这个？"

"我想搞清楚一件事。"

得到答案后，柯克曼先生返回屋内。

第四十三章/褐色本子

普尔医生的房间里有人，但不是他本人，而是一张生面孔。

"迪克森医生？"那人问走进房间的柯克曼先生。

"不，我不是迪克森医生，而是……这里的客人。"

"我以为所有的客人都走光了。"

"晚几天，我也会离开。"

"您有什么事吗？"

"我……我把书借给普尔医生，他原来住这间。"

"主人要我打扫房间，因为迪克森医生过几天就会到。我不知道您的书是哪本，如果您能自己找最好。"

这正是柯克曼先生要的！他开始在房间里翻找，发现衣柜里有好几件衣服挂着，地上还有几双鞋，桌上则摆着书、册子和文具用品（竟然包括一支德国牌子的钢笔）。

柯克曼先生考虑了一会儿，最后伸手去拿褐色本子。

"您找到了吗？"打扫房间的人问。

"找到了。"

"还好您早了一步，否则您的书就要化为灰烬，因为主人交待把这里的私人物品全部销毁。"

"销毁？为什么？"

"不知道，您得问主人。"

柯克曼先生离开时心事重重，原本想径直回自己的房间，后来改主意，他已经三天没见到怀着身孕的库拉，总得问候一句，于是往强纳生的房间走去。

第四十四章/真相

柯克曼先生敲了几次门皆无人回应，正想离开时，一个路过的女孩问他找谁？

"我找库拉。"他答。

"这是主人的房间，不是库拉的，"她打量一下柯克曼先生，"您该不会是新来的医生吧？！"

"不是，迪克森医生过几天才会到。"柯克曼先生停顿了一下，"妳能告诉我库拉住哪个房间吗？"

"她怀孕了，您别找她。"

"我知道她怀孕了，这也是我找她的原因。"

那女孩很是惊讶，眼睛睁得老大。

"妳怎么了？"柯克曼先生问。

"没什么，跟我来吧！"

柯克曼先生以为她带他去找库拉，结果房间里空无一人。

"这里没有库拉。"他说。

"没有库拉，我也行。"说完，她松开长袍上的结扣，露出里面的宝石项链。

"不不不，妳误会了，我只是单纯找库拉讲话，她……她是我的儿媳妇，明白吗？"

"您是主人的父亲？"

"是的。"

眼前的女孩难为情极了，一边扣衣服一边不停地道歉。

柯克曼先生要她别放在心上，然后转身离开，结果一个不留神，被挂在门框上的结饰给击中额头，这提醒他——她就是前几天"生病"的女孩。

回到房间的柯克曼先生很是困惑，为什么那个"已康复"的女孩会对他宽衣解带？还有，普尔医生明显走得匆忙，很多东西都未带走，包括一本日记。

柯克曼先生很快拿出那本"偷来"的褐色本子，翻开第一页，上面的拉丁文写得相当工整，日期标注为去年的6月17日，这符合希雅的说法——普尔医生是去年来的，用来接替布朗医生。

本来柯克曼先生还怀疑为什么普尔医生要使用拉丁文写日记？结果才读几页，他便有了答案——这是一本不宜公开的性爱日记，所以普尔医生才会以少数人才看得懂的文字书写。与此同时，柯克曼先生越读越恼火，尤其当普尔医生提到库拉时，他的愤怒已达到极点。

"不行，我得说出真相，"他掼下本子，"强纳生这个傻小子到现在还被蒙在鼓里呢！"

第四十五章/开诚布公

强纳生在办公室接见自己的父亲，因为听说事情很紧急。

"库拉……库拉肚里的孩子很可能不是你的。"

柯克曼先生以为儿子听完会勃然大怒，但没有，强纳生很平静地问他为什么会这么认为？

"普尔医生在房间内留下一本日记，我看了。"

"这倒有趣，都写了些什么？"

那么露骨的内容，柯克曼先生羞于启齿，只简短地透露普尔医生与儿子的四个情人皆有染，尤其是库拉。

"我知道他喜欢年幼的，所以才把库拉圈养起来。"强纳生说。

"什么意思？"

"我无法生育，只能请人代劳，普尔医生还以为我不知情，其实他不过是我的一枚棋子而已。"

柯克曼先生万万没想到会是这个结果，既然如此，为何还要辞退普尔医生？

强纳生表示他原本想留着他，毕竟上一个医生只对男人感兴趣，白浪费他的时间和金钱，但普尔医生不该对他撒谎，现在库拉肚里的孩子极有可能患上色盲，还是最严重的全色盲，真他妈的倒霉透了！

"所以你又雇了迪克森医生？"柯克曼先生问。

"是的，孩子越多越好，这样才能保证我打下的江山能历久不衰。"

此时的柯克曼先生很想问普尔医生是否真回老家了？但以他对儿子的了解，大概得不到真实的答案，所以转问那些被他圈养起来的女孩们可是自愿的？

"也许一开始不愿意，但后来也接受了，她们甚至会主动献身我的客人，好让我的工作能顺利开展，当然，我也不会亏待她们。"

"你指的是让她们染上毒瘾，再用药丸当诱饵？"

"这是你的猜测，我可没这么说。"

柯克曼先生很是痛苦，一时竟无言以对，还是强纳生打破沉默，但听着像是控诉。

"你是不是觉得有我这样的儿子很晦气？如果能选择，你宁愿不要我，对吧？！"他问。

"我没这么想。"

"看来你的记忆力不好，当年你和妈的谈话，我一字不落地全听进去了。"

柯克曼先生承认或许在某个心情低落的时候曾说过儿子不长进，如果前两胎能保住，任何一个都会比他有出息之类的话，但也只是说说而已，没想到会被儿子听到并且烙在脑海里。

"强纳生，这可是你越走越偏的原因？"他问。

"呵呵！别把自己想得太重要。还有，我不认为我越走越偏，如果按照你的要求走，我顶多复制你的老路，看看我现在，有多少人羡慕着，证明你那套不管用，甚至说得上迂腐、落伍。"

柯克曼先生不苟同，但争执也没用，因为父子俩根本说不到一块儿去（一个道德感极强，凡事循规蹈矩；另一个则金钱与权力至上，但求结果，不论手段）。

"强纳生，你可真不像我。"柯克曼先生无比失望地说。

"还好不像你，否则我注定得窝囊一辈子。"他答。

柯克曼先生不认为自己窝囊，相反的，他很享受这种恬淡寡欲的生活（有谈得来的朋友和足够多的钱），但说这些又有何用？他唯一的儿子不认可他，这让他觉得自己是失败的。

谈话过后，这对父子的关系无疑降到冰点。柯克曼先生不愿临别前是这副模样，所以主动求和，为过去不谨慎的言行向儿子道歉。

"行，我原谅你，父子一场，没必要把关系弄僵了。"强纳生说。

柯克曼先生原本想趁机说教一番，后来还是放弃了，改问他何时回英国？

“没这个打算，我受够那里的鬼天气！”

“那……祝你好运。”

“你也是。”

他们拥抱了一下，各怀心事（柯克曼先生不知儿子的心里是怎么想的，他倒有“生离死别”的惆怅，也许这一别，此生都不会再相见）。

第四十六章/收惊

柯克曼先生离开大帝茶园时天朗气清，坐上轿子后，他猛一回头，发现儿子站在一楼的柱廊上目送他，这多少让他觉得欣慰。

"再见，强纳生。"他挥了挥手说。

强纳生虽然也挥手告别，但显然没有自己的父亲热情。

直到再也看不到儿子的身影，柯克曼先生才将目光收回，并且留意到落在身后的两位脚夫（其中之一是可汗先生，他显得有些力不从心，大概刚获得自由，身体尚未恢复的缘故）。

"伊姆兰，把旅行箱给我。"柯克曼先生说。

"我可以的，没关系。"

"不行，你这样太累了。"

"先生，您行行好，我好不容易才被释放，正是表现的时候。"

至此，柯克曼先生不再强求，而是叮嘱轿夫走慢一点儿，好让可汗先生能赶得上他们的步伐。

这一路的情景恍如昨日（与上山时基本一致），天边的雪山依然庄严壮丽，一畦畦的茶田依旧井然有序，而背着茶筐的采茶工们也照样忙活着，但柯克曼先生的心里不若来时那般自在，甚至有些许的忧郁。

"先生，"可汗先生气喘吁吁，"我能不能小解一下？"

"当然可以。"

于是可汗先生放下行李，跑进附近的林子里，不一会儿的工夫，他脸色惨白地跑回来，裤子明显湿了一块。

"怎么了？"柯克曼先生问。

"没什么，我们快走吧！"

前进的脚步继续着，但可汗先生的状态明显变差，好几次差点儿跌跤，柯克曼先生不得不让轿子停下，同时支开两位轿夫和另一位脚夫。

"告诉我，你在林子里看到什么了？"柯克曼先生问。

"没看到什么。"

"我不会告诉任何人，包括我儿子。"

可汗先生几度欲言又止，后来在柯克曼先生的再三保证下，他才坦言自己看到了尸体，有男有女，身体已经开始腐烂。

"当中可有你认识的人？"柯克曼先生又问。

可汗先生起先摇头，后来又点头，柯克曼先生顿时感觉手脚冰冷，呼吸困难。

"先生，您还好吗？"可汗先生问。

"不好，你呢？"

"我也感觉不好，回去后得收惊。"

"收惊？"

"受到惊吓的人需要把飞散的魂魄唤回来，否则会生病。"

柯克曼先生心想自己也需要收惊，而且马上，因为他已经生病了。

第四十七章/鸿沟
（完结篇）

柯克曼先生的病是心病，明知儿子干着坏事，却选择视而不见，甚至放弃原则求和，只为了表面的风平浪静……

到了古姆，两位轿夫和另一位脚夫先行离去，只留下可汗先生陪同柯克曼先生一起到加尔各答港口。

从古姆到西里古里，再从西里古里到加尔各答大概需要一整天，但柯克曼先生感觉时间没有来时长，他问可汗先生可有同感？

"我觉得相反，每当去接客人，时间总会走得慢一些，回大帝茶园倒挺快的。"他答。

这个答案貌似不同，其实毫无二致，大帝茶园是可汗先生的家，他觉得回程快，和柯克曼先生的感觉不谋而合。

"依姆兰，你有没有想过离开大帝茶园？"柯克曼先生问。

"离开大帝茶园，还会有另一个大帝茶园，除非改变肤色或社会等级，否则到哪里都一样。"

"真辛苦！"

"怨不得人，这都是我上辈子造的业，所以这辈子品尝苦果。"

柯克曼先生笃信基督教，教义是信主耶稣得永生，反之则下地狱，他没想过还会有来世，可汗先生的说法让他感觉新奇。

"你的意思是如果一个人作恶，下辈子就会受苦？"柯克曼先生又问。

"是的，甚至连人都当不了，成了动物或昆虫。"

想到强纳生下辈子也许会成为鸡鸭牛羊或蚊蝇，柯克曼先生有些难过，但同时也承认这是对那些亡魂的最大慰藉（虽然柯克曼先生选择护犊，却不表示他认同儿子的恶行）。

当马车来到加尔各答港口，可汗先生帮着提行李至步桥，那里有人在检票。

"先生，这是头等舱的队伍，"穿着笔挺白制服，头戴水手帽的乘务员指向另一边，"二等舱在那里登船。"

为了登上返程的邮轮，柯克曼先生特地把八字胡修剪得整整齐齐，同时穿上考究的衣服且有人帮提行李，之所以还有误会产生，他把原因归结为身上的中产阶级气息太过浓烈，不是一张船票能掩盖得住。

果然鸿沟大到无法逾越！

柯克曼先生无奈地叹了口气，叫上可汗先生，两人默默往二等舱的队伍走去……

《完结》

作者介绍

在异国的背景下加入缠绵悱恻的爱情故事是B杜小说的一大特点，她的文笔清新、笔触诙谐、画面感很强，读完小说有种看完一部爱情偶像剧的感觉，特别适合怀春少女及对爱情有憧憬的女性阅读。

另外，B杜还创作了系列小说（马力历险记、极短篇故事集、巫觋店等）以及严肃小说《鸿沟》，欢迎关注。

Also by B杜

《鴻溝》（繁體字版）A World Apart
(traditional character version)

***

《法兰西情人》Love in France

《东瀛之爱》Love in Japan

《新西兰之恋》Love in New Zealand

《英伦玫瑰》Love in England

《爱在暹罗》Love in Thailand

《情定布拉格》Love in Prague

《狮城情缘》Love in Singapore

《爱上比佛利》Love in Beverly Hills

《梦回枫叶国》Love in Canada

《早安，欧巴》Love in Korea

《我在苏黎世等风也等你》Love in Switzerland

《迪拜公主的秘密情人》 Love in Dubai

《马力历险记 1 之地球轴心》 The Adventures of Ma Li (1)：The Time Axis

《马力历险记 2 之黄金国》 The Adventures of Ma Li (2)：Eldorado

《马力历险记 3 之可可岛宝藏》 The Adventures of Ma Li (3)：The Treasure of Cocos Island

《B杜极短篇故事集 (1～100)》 A Word to the Wise (Tales 1～100)

《B杜极短篇故事集 (101～200)》 A Word to the Wise (Tales 101～200)

9 781913 080983